AF331308

LA FRANCE

DRAMATIQUE

AU DIX-NEUVIÈME SIÈCLE,

Choix de Pièces Modernes.

Théâtre-Français

DIÉGARIAS,

DRAME EN CINQ ACTES ET EN VERS.

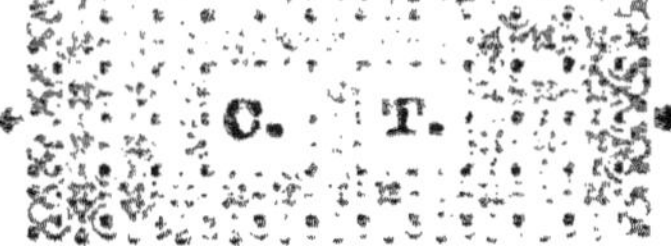

1805—1806.

PARIS.

C. TRESSE, ÉDITEUR,

ACQUÉREUR DES FONDS DE J.-N. BARBA ET V. BEZOU,

SEUL PROPRIÉTAIRE DE LA FRANCE DRAMATIQUE,

PALAIS-ROYAL, GALERIE DE CHARTRES, Nᵒˢ 2 ET 3,

Derrière le Théâtre-Français.

1844.

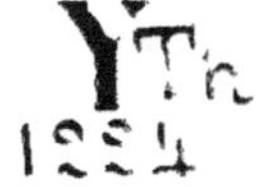

DIÉGARIAS

DRAME EN CINQ ACTES ET EN VERS,

PAR M. VICTOR SÉJOUR,

Représenté pour la première fois, à Paris, sur le Théâtre-Français, le 23 juillet 1844.

Personnages.	Acteurs.
HENRI IV, roi de Castille	MM. MAILLARD
DIÉGARIAS, ministre de Castille	BEAUVALLET.
ABUL-BEKRI, espion maure	MAUBANT.
DON JUAN DE TELLO	LEROUX.
DON SANCHE D'ALCORA, alcade du palais	RANDOUX.
LE CONNÉTABLE	ROBERT.
L'INQUISITEUR	MARIUS.
PERÉS	MICHEAU.
DON GAETAN, officier de service	LABAT.
LE GEOLIER	MAUBIER.
INÉS	Mme MÉLINGUE.
UN CRIEUR	

ACTE PREMIER.

Un appartement dans le palais de Diégarias. — Il fait nuit. — Une fenêtre avec balcon donnant sur le Guadalquivir. — Inés et Don Juan sont en scène. — Inés est triste et rêveuse; elle est assise ; don Juan, appuyé sur un fauteuil, la regarde.

SCÈNE I.

DON JUAN. INÉS.

DON JUAN, à Inés.

Vraiment, vous n'êtes point comme à votre ordi-
naire;
Vous avez un secret que vous me voulez taire,
Inés.

INÉS.

Vous vous trompez.

DON JUAN, lui prenant la main.

Qu'as-tu ?

INÉS.

Rien.

DON JUAN.

Un malheur
Te menace-t-il ?

INÉS.

Non.

DON JUAN.

D'où vient donc ta pâleur?...
D'où vient, lorsque, joyeux et fier de ta tendresse,
Je dépose à tes pieds ma joie et mon ivresse,
Quand je bénis le ciel de cet amour vainqueur
Qui nous fait obéir aux lois de notre cœur,
D'où vient que, bien souvent, comme un triste
[présage,
Quelque amère pensée assombrit ton visage?...
Dis.

INÉS.

C'est que je ne peux m'affranchir du passé,
Qu'un incessant remords tient mon cœur enlacé;

C'est que, pour vous prouver à quel point je
[vous aime.
J'ai pu trahir mon père et me trahir moi-même.
DON JUAN.
Inès...
INÈS, l'interrompant.
Ne cherchez pas, don Juan, à m'excuser :
Tout ce que vous diriez tendrait à m'accuser.
DON JUAN, avec exagération, et en riant.
D'honneur ! mais à l'entendre, on te croirait cou-
[pable
D'un forfait inouï... d'un crime épouvantable...
INÈS.
Comte, n'est-ce donc rien que ce secret hymen
Où, sans rougir, j'osai disposer de ma main ?...—
Ah ! qu'il eût mieux valu, dans un aveu sincère,
Me laisser confier notre amour à mon père :
Il aurait vu, don Juan, que je vivais par vous,
Et, certe, il vous aurait choisi pour mon époux.
DON JUAN.
Non ; malgré sa tendresse et bien que je sois comte,
Que je sois jeune et riche et brave, que je compte
Un siècle entier de gloire où mes nobles aïeux
Se sont tous fait un nom puissant et glorieux.
Non, malgré tout cela, Diégarias, ton père,
N'eût jamais écouté mes vœux ou ma prière.
Sans pouvoir t'en donner la secrète raison,
C'est d'un œil ennemi qu'il voit notre maison.
INÈS.
Et vous en ignorez la cause ?
DON JUAN.
Je l'ignore.
Je l'ai long-temps cherchée et je la cherche encore.
(Moment de silence.)
INÈS.
Ah ! qui m'affranchira de ce doute où je suis ?..—
C'est mourir, que de vivre en de pareils ennuis.
DON JUAN.
A-t-on de tels pensers quand on est si jolie ?
INÈS.
Vous plaisantez toujours.
DON JUAN.
Sans doute. — C'est folie
De songer au sépulcre où tout est triste et noir,
Quand nos jours sont pleins de bonheur et d'espoir,
Quand repose en nos mains une main amoureuse,
Qu'on entend une voix qui dit : Soyez heureuse,
Car je suis votre esclave et vous m'avez vaincu,
Car avant de vous voir je n'avais pas vécu,
Car vous êtes si pure entre toutes les femmes,
Si loin de votre vie et de nos mœurs infâmes,
Que parfois je me sens, ployant les deux genoux,
Le besoin d'incliner mon orgueil devant vous,
Et...
(A part.)
— Qu'allais-je faire ?

INÈS.
Et ?
DON JUAN, vivement.
De te redire encore
Que je suis tout à toi,.. que je t'aime et t'adore.
INÈS, pénétrée.
Qui vous a donc appris l'art de me consoler ?...
De sécher dans mes yeux les pleurs prêts à cou-
[ler ?...—
Ah ! c'est dans ces momens que je sens, faible femme,
Que je vous ai donné ma vie avec mon âme. —
DON JUAN.
Tu me rends trop heureux.
INÈS.
Oh ! redites-le-moi,
Car je suis bien heureuse aussi quand je vous vois.
(Retombant dans sa tristesse.)   [éphémère...
Heureuse !... — Mon bonheur ne peut qu'être
Je n'ai point oublié que j'ai trompé mon père.
DON JUAN, à part.
Encore !...
INÈS, à don Juan.
Il faut enfin que, cessant de mentir,
Je confesse ma faute avec mon repentir.
DON JUAN, regardant par la fenêtre, et faisant comme
s'il n'entendait pas.
Voici le jour.
INÈS.
Don Juan...
DON JUAN, l'interrompant.
N'est-ce pas que Séville,
Entre toutes, Inès, est une noble ville ?
INÈS
Oui...
DON JUAN, de même.
Regarde-la donc... — Elle est belle à ravir.
INÈS.
C'est vrai ..
DON JUAN, de même.
Votre palais, près du Guadalquivir,
Lutte avec l'Alcazar de luxe et d'élégance.
INÈS.   [rance,
Eh ! que m'importe à moi, qui n'ai qu'une espé-
Qui ne forme qu'un vœu, qu'un désir, de pouvoir
Par un prompt repentir rentrer dans mon devoir,
Que m'importe, voyons, que Séville soit belle,
Que le Guadalquivir roule son flot rebelle,
Ou bien que ce palais, vous l'avez dit, je croi,
Soit élégant et beau comme celui du roi ?...
Que m'importe !... — J'ai trop déjà d'une pensée
Qui jette la terreur dans mon âme glacée,
Comte, c'est qu'il ne peut que par d'autres que nous,
Mon père apprenne enfin ce que j'ai fait pour vous.
DON JUAN.
Non, mes précautions sont prises.
INÈS.
Mais...
DON JUAN.
Écoute.

Inés, écoute-moi. — Je sais ce qu'il te coûte.
A toi dont les vertus égalent la candeur,
De garder un secret qui blesse ta pudeur...
Je le sais... et pourtant il faut, je t'en supplie,
Ne point laisser tomber ton courage qui plie. —
Vouloir qu'un tel secret soit dit si brusquement,
C'est vouloir, vois-tu bien, tout perdre en un
        INÈS.   [moment. —
Tu crois? — Ma volonté sera toujours la tienne. —
Jusqu'au bout, seulement, que ta main me sou-
        DON JUAN.   [tienne. —
Le jour grandit ; adieu ! —

        INÈS.

        Tu pars?

    DON JUAN, jetant son manteau sur son bras.
            Jusqu'à ce soir.

      INÈS, le retenant.
Votre épée?

      DON JUAN, la passant à sa ceinture.
      Ah ! c'est vrai.

      INÈS, se suspendant à son cou.
            Tout un jour sans vous

      DON JUAN, l'embrassant.   [voir... —
Je l'aime. — Pense à moi. —
(Il enjambe la croisée où est attachée une échelle de
      soie.)

      INÈS, lui serrant la main.
            Que le ciel vous conduise,
Comte, et fasse qu'aucun regard ne vous séduise. —
(Don Juan disparaît. — Penchée sur la fenêtre, elle
      semble suivre tous ses mouvemens.)

SCÈNE II.

INÈS, seule.

Le voilà dans sa barque... Il est parti... —
    (Revenant tristement sur le devant de la scène.)
           Mon Dieu,
Que tout me semble froid et désert en ce lieu ! —
    (S'asseyant.)
Don Juan avait raison... Oui, comme lui je trouve
Que je suis aujourd'hui triste et sombre. — J'é-
               [prouve
Un trouble, un serrement, un vide dans le cœur,
Qui semblent m'annoncer quelque prochain mal-
               [heur. —
Entre ces murs aussi je suis comme étouffée !... —
    (Regardant le ciel.)
Si Dieu m'avait donné le pouvoir d'une fée,
Oh ! que j'étendrais vite un voile ténébreux
Sur l'éclat importun de ce ciel radieux. —
    (Tombant dans sa rêverie.)
Seule... seule toujours. —
        (Diégarias entre et va à elle.)

SCÈNE III.

DIÉGARIAS, INÈS, PÉRÈS.

      DIÉGARIAS.
      Inés?

    INÈS, se levant.
           Bonjour, mon père.

      DIÉGARIAS.
A quoi pensais-tu donc?

      INÈS.
      A rien.

      DIÉGARIAS.
           Quelque mystère ?

      INÈS.
Je ne vous voyais pas. — Mettez-vous près de moi.

      DIÉGARIAS.
Non

      INÈS.
    La raison !

      DIÉGARIAS.
Je sors.

      INÈS.
    Vous allez ?

      DIÉGARIAS.
           Chez le roi.

      INÈS.
Votre Excellence a donc de ces choses à dire
Qui touchent de bien près au salut de l'empire ?

      DIÉGARIAS, gravement.
Peut-être...
    (Pérès entre.)

PÉRÈS, à Diégarias, en lui montrant l'appartement
      qui précède.
      Abul-Bekri.

      DIÉGARIAS, vivement.
           Qu'il entre, je l'attends.
(Pérès sort. — Pendant ce temps, Inés a pris sur une
table chargée de fleurs, un vase vide, et s'apprête
à sortir. — Diégarias s'en aperçoit et laisse échapper
un mouvement d'étonnement.

      INÈS, à Diégarias.
Je descends au jardin et reviens à l'instant.
    (Elle sort. — Abul-Bekri entre.)

SCÈNE IV.

DIÉGARIAS, ABUL-BEKRI.

      ABUL-BEKRI, s'inclinant.
Allah vous garde !

      DIÉGARIAS, assis à lui.
      Eh bien?

    ABUL-BEKRI, lui remettant un parchemin.
           Voici les preuves.

DIÉGARIAS, le prenant vivement.
Donne !
(Il lit la suscription : — « A don Gusman de Castro,
» chevalier, etc., etc. » — Il lit la lettre :)
« Don Alphonse, au moment de saisir la cou-
[ronne,
» Compte plus que jamais sur notre dévoûment. —
» Que vos hommes soient prêts à tout événement.
» Vous mettant cette nuit en marche pour Séville,
» Soyez, midi sonnant, aux portes de la ville.
» C'est demain le grand jour. — Don Luc, don Pè-
[dre et moi,
» Nous devons à la chasse accompagner le roi.
» Vous comprenez ?... Tandis que son altesse chasse
» Et se laisse emporter par sa royale audace,
» Nous l'entourons tous trois et faisons hardiment
» Du maître un prisonnier, du palais un couvent.... »
ABUL-BEKRI, riant.
Rien de moins circonspect qu'un ami qui s'épan-
[che.
DIÉGARIAS, achevant.
« Adieu. — Signé, don Juan. »
(Tournant la lettre de tous les côtés.)
Pas un mot de don Sanche.
ABUL-BEKRI, à Diégarias.
Celui-là, monseigneur, nous ne le tenons pas. —
Il marche sans laisser de traces à ses pas.
DIÉGARIAS.
[dre,
C'est cependant le seul qui soit vraiment à crain-
Non parce qu'il s'observe ou qu'il a l'art de fein-
Mais parce qu'avant tout c'est une volonté [dre ;
Qui veut ce qu'elle veut avec ténacité.
(Frappant sur le parchemin.)
N'importe, je les tiens.
(Après avoir relu la lettre.)
La précieuse lettre ! —
(A Abul-Bekri.)
D'où te vient-elle ?
ABUL-BEKRI.
D'où ?... — Je l'ai conquise, maître.
DIÉGARIAS.
Conquise ? et sur qui donc ?
ABUL-BEKRI.
Fernand.
DIÉGARIAS.
Le serviteur
De don Juan ? — Ta-t-il pris pour quelque in-
[quisiteur ?
ABUL-BEKRI.
Non.
DIÉGARIAS.
Si je me souviens, tu m'as dit que cet homme
Était brave, fidèle, incorruptible...
ABUL-BEKRI.
En somme,
Que, mettant avant tout l'honneur d'être discret,
Il se ferait tuer pour garder un secret. —
Voilà.
DIÉGARIAS.
Mort ?
ABUL-BEKRI.
Vous voyez, pour arriver aux preuves,

Qu'on fait subir aux gens de bien rudes épreuves.
DIÉGARIAS.
C'est horrible.
ABUL-BEKRI.
Eussiez-vous mieux aimé, monseigneur,
Que je fusse à sa place et qu'il fût le vainqueur ?
DIÉGARIAS.
Voyons... expliquez-vous.
ABUL-BEKRI, avec indifférence.
Vous savez que Séville
Est une grande, douce et merveilleuse ville,
Où tout le monde dort d'un bon sommeil ; si bien
Qu'on peut tuer son homme . lui ravir son bien
Et l'enterrer, s'il faut, au coin de quelque rue
Sans craindre que sur soi la justice se rue.
DIÉGARIAS.
Au fait.
ABUL-BEKRI, continuant.
Vous me direz que les gardes de nuit
Ne sauraient où donner de la tête à minuit,
S'il leur fallait traquer tout coureur d'aven-
[ture... —
Fernand longeait les murs d'une vieille masure,
Quand il me vit soudain me dresser devant lui :
« Arrête ! » Il s'arrêta. — « Ton dernier jour a lui.
» Si tu ne me remets à l'instant ton message. »
Il essaya d'abord de se faire passage,
Mais voyant qu'il fallait prendre un parti, ma foi,
Il tira son épée et s'élança sur moi. —
Le combat dura peu, car bientôt sur la terre.
Je l'étendis sanglant d'un coup de cimeterre.
DIÉGARIAS.
C'est bien ; va-t'en.
ABUL-BEKRI.
Pardon, Excellence, un seul mot. —
(Cherchant sous son manteau.)
Je tiens à vous montrer ce don Juan de Tello
Comme Dieu l'a créé, c'est-à-dire un abîme
Où règnent sans pudeur la débauche et le crime.
(Il tire une lettre.)
Il écrit à don Ruy.
(Il lit.)
« Je ne pourrais vraiment,
» Mon très cher, te prêter un sol en ce moment,
» Car je suis, comme dit ton oncle le chanoine,
» Aussi gueux qu'un bedeau surveillé par un
(Frappant sur la lettre.) [moine. »
Il ment comme un juif
DIÉGARIAS, tressaillant.
Quoi?
ABUL-BEKRI, avec un sourire expressif.
Rien... rien.
(Il lit.)
— « Tu dois savoir
» Au milieu d'une orgie épouvantable à voir,
» Marquis, que j'ai tenu contre le duc de Lerme
» Un pari monstrueux. — Un pari qui nous ferme,
» Si nous mourons ce soir, la porte du saint lieu
» Où l'on vit de musique et d'air pur avec Dieu. »

(À Diégarias.)

Entre nous, monseigneur, avouez que le comte
Dans notre paradis trouverait mieux son compte.

(Il lui fait signe de continuer.)

Les clauses du pari, les voici :

(Il lit.)

                    « Dans un mois,
« Celui qui, sans raison, se battra plus de fois,
« Vivra plus largement, séduira plus de femmes,
« Et mettra plus d'adresse à conquérir leurs âmes,
« Celui-là gagnera deux mille ducats d'or. »

DIÉGARIAS.

Sont-ce là tes aveux, ô Cid Campeador !!!

ABUL-BEKRI, à part.

Il ne se doute pas qu'il parle près d'un homme
Qui ferait encor pis pour une telle somme.

DIÉGARIAS.

Continuez.

ABUL-BEKRI.

        « Le duc, comme tu penses bien,
« Fit tout en conscience et ne négligea rien.
« Quant à moi, tout d'abord contre une âme re-
                                        [belle
« Je me heurtai. C'était une enfant jeune et belle,
« Dix-huit ans, le teint rose, au regard radieux
« Et pur comme l'étoile éclose dans les cieux. —
« L'hymen seul la touchait. — Or, par une nuit
                                        [sombre,
« Dans ma chapelle, après des obstacles sans
                                        [nombre
« Nous fûmes l'un à l'autre unis secrètement,
« Par qui ?... — Devine un peu. — Par mon valet
                                        [Fernand... »

DIÉGARIAS, lui arrachant la lettre.

Son valet... — L'infâme. —

ABUL-BEKRI, avec un rire étouffé.

        Ah !... — Qu'en pensez-vous ?

DIÉGARIAS, avec colère.

                        Je pense...

(Lui jetant sa bourse avec mépris.)

Que tu devrais déjà tenir la récompense.

ABUL-BEKRI, piqué, à part.

Plus tard.

UN PAGE, entrant et annonçant :

        Le roi !

UN SECOND PAGE.

            Le roi !

(Le roi entre ; les pages et Abul-Bekri sortent. — Le roi est en costume de chasse.)

SCÈNE V.

LE ROI, DIÉGARIAS, puis INÈS.

DIÉGARIAS, baisant la main au roi.

        C'est vraiment trop d'honneur,
Sire, pour votre vieux et féal serviteur. —

(Se relevant.)

Vous m'avez devancé cependant.

LE ROI, s'asseyant avec nonchalance.

                        Ah !

DIÉGARIAS.

                        Oui, sire. —
L'intérêt de l'état, du trône, de l'empire..

LE ROI.

Des affaires déjà !

DIÉGARIAS.

        Monseigneur...

LE ROI.

                        Grand merci !
Ce n'est point pour cela que tu me vois ici. —

(Il écrit.)

« Bon pour six cents doublons... » —

(S'arrêtant.)

            La somme est un peu forte...
Une simple parure... Eh ! pour un roi, qu'im-
Dona Guiomar veut. —   porte !

(Il signe et remet le bon à Diégarias.)

            Vite.

DIÉGARIAS, à part.

                    Encor !

LE ROI.

                        Hâte-toi.

DIÉGARIAS.

Sire...

LE ROI.

    Je suis pressé.

DIÉGARIAS.

            Son Altesse le roi
Daignera m'écouter ; ce que je lui veux dire
Est grave, sérieux, important.

LE ROI.

                        Plus tard.

DIÉGARIAS.

                            Sire...

LE ROI.

Mon argent.

DIÉGARIAS.

    Le devoir m'ordonne..

LE ROI.

                        D'obéir !

DIÉGARIAS.

Je dois vous rappeler, dussiez-vous m'en punir,
Que le trésor est presque épuisé.

LE ROI, un peu ébranlé.

                        C'est possible.

DIÉGARIAS, continuant.

Que votre peuple, sire, est un peuple irascible
A l'endroit de l'impôt...

LE ROI.

        Soit.

DIÉGARIAS, continuant.

                Que, depuis cinq mois,
L'armée attend sa paie.

LE ROI, *se croisant les bras sur la poitrine; moitié
sérieux, moitié riant.*

En vérité, je crois,
Dans votre passion de la chose publique,
Que vous allez encor me parler politique,
M'étaler sous les yeux le sort de mes sujets,
L'insolence des grands, leurs trames, leurs projets,
Et tout ce sombre amas d'effrayantes pensées,
De doutes dévorans, de craintes insensées,
Qui font presque toujours que le trône d'un roi
Se change en instrument de terreur et d'effroi.—
Oh! parlez-moi plutôt de la brise amoureuse
Qui soulève en passant la barque paresseuse,
De la chasse bruyante avec tous ses dangers,
De la forêt, du ciel, des bosquets d'orangers
Où libre dans sa joie on s'écoute, on respire,
Délivré du fardeau d'un sceptre et d'un empire...

DIÉGARIAS, *gravement.*

Vous êtes roi.

LE ROI.

Sans doute... et demain, par hasard,
S'il fallait de la guerre arborer l'étendard,
Nous n'hésiterions point à tirer notre épée,
Dans le sang grenadin plus d'une fois trempée;
A dire à nos soldats : « Le danger va croissant,
«Donc la place du roi doit être au premier rang.»
(Riant.) [âme,
Mais pour l'heure j'abdique, et ne suis, sur mon
Qu'un chasseur attardé que la chasse réclame;
Or, ne me retiens plus, ou suis-moi sans façons,
Tes armes d'une main, de l'autre mes doublons.—
Hâte-toi, je t'attends...
(Il fait un pas pour sortir.

DIÉGARIAS, *se mettant devant lui.*

Dans votre intérêt, sire,
Écoutez...—Ce ne sont plus des mots, des oui-dire,
Des projets avortés, des hommes sans appui,
C'est un complot qui doit éclater aujourd'hui.

LE ROI.

Qu'as-tu dit ?

DIÉGARIAS.

Un danger imminent vous menace.

LE ROI.

Un danger ! Quel est-il ?

DIÉGARIAS.

Au milieu de la chasse,
Dans un moment donné, vous serez arrêté.

LE ROI.

On voudrait attenter à notre liberté ?

DIÉGARIAS.

On ose tout. — Voyez vous-même.
(Il lui remet la lettre.)

LE ROI, *après avoir lu, la froisse avec colère.*

Sur ma vie!
Non, je ne comprends pas que l'on nous porte envie,
A nous qui ne pouvons sortir de nos prisons
Sans faire, sous nos pieds, germer des trahisons...
(Pause.

DIÉGARIAS.

Je vous ai déjà dit, sire, dans ma franchise,
Que l'état ébranlé touchait à quelque crise;
Que les nobles, les grands, ces trop puissans sujets,
Fomentaient contre vous de sinistres projets;
Que, si vous ne vouliez doubler leur insolence,
Et les pousser un jour jusqu'à la violence,
Altesse, il vous fallait, par la sévérité,
Enchaîner leur audace et leur déloyauté;
Alors, comme aujourd'hui, sans craindre par la [ville
D'allumer la discorde et la guerre civile,
Vous pouviez, dans sa source arrêtant le poison,
Abattre par le pied l'arbre de trahison.
Mais si, comme toujours, dédaignant mes paroles,
Vous prenez en pitié toutes ces têtes folles,
Demain, sire, ils seront, grâce à leur attentat,
Assez forts pour changer la face de l'état.

LE ROI, *éclatant.* [tage.

Non, non, comme Jean deux, dont je tiens l'héri-
Je ne languirai pas dans un lâche esclavage. —
(Se promenant à grands pas.)
Je suis las, après tout, moi, le maître, le roi,
D'avoir toujours dans l'âme et le doute et l'effroi;
D'être ainsi, jour et nuit, cloué dans ma demeure
Sans pouvoir en sortir; et de n'oser, une heure,
De peur de rencontrer quelque poignard caché,
M'arracher de ce trône où je suis attaché... —
C'en est trop à la fin ! — Ils me font une vie
De larmes, de terreur, de désespoir suivie,
C'est bien; mais désormais implacable et méchant,
Je leur ferai payer mes larmes par le sang. —
(Il prend la plume pour signer leur arrestation, mais il
s'arrête aussitôt.)
Du sang !... —
(Moment de silence.)

DIÉGARIAS.

Vous hésitez, sire ?

LE ROI, *jetant la plume.*

Non, je pardonne.

DIÉGARIAS.

Ne compromettez pas, sire, votre couronne
En laissant à chacun, dans sa témérité,
L'espoir de conspirer avec impunité.

LE ROI.

J'ai dit.

DIÉGARIAS.

Songez...

LE ROI.

Je sais, aussi bien que toi-même,
Que trop de bonté nuit à la grandeur suprême,
Et, pour punir un traître armé contre mes droits,
Que je dois me ranger du côté de nos lois...
Mais que veux-tu ?— je suis de ces rois débon- [naires
Dont le cœur est stérile en pensers sanguinaires;
De ces rois qui se font un pouvoir impuissant
Plutôt que de tremper leur sceptre dans le sang.

DIÉGARIAS.
Ces rois, songez-y bien, quand survient la tempête,
Perdent souvent, seigneur, la couronne et la tête.

LE ROI.
Ils meurent sans regret.

DIÉGARIAS.
            Mais non pas sans remord,
D'avoir laissé germer des semences de mort,
De haines, de douleurs et de guerres civiles,
Et de corruptions, et d'ambitions viles,
Au milieu d'un pays qui, de leur royauté,
Attendait le bonheur et la tranquillité. —
(En ce moment, Inès entre, tenant à la main un vase
      plein de fleurs. Elle n'est vue de personne.)

LE ROI, avec répugnance.   (times,
Que mes droits sur leurs jours soient ou non légi-
Ce serait me couvrir du sang de trois victimes.

DIÉGARIAS.
Je vous ai conseillé d'agir avec vigueur,
Non de passer, Altesse, à l'extrême rigueur.
Un châtiment suffit.—Qu'un seul des trois périsse,
Et le calme et la paix naîtront de son supplice.

LE ROI.
Et lequel?

DIÉGARIAS.
            Celui qui, bravant votre courroux,
Pour la troisième fois conspire contre vous :
Don Juan.

INÈS, d'une voix étouffée.
Grand Dieu! don Juan!...

LE ROI, après une pause.
            Je m'explique avec peine
Comment par sa fierté, ses trahisons, sa haine,
Il ne m'a pas guéri de ces terreurs d'enfant
Qui me font reculer devant un peu de sang... —
Mais n'importe...—Je veux, loin de ton influence,
Examiner son crime et peser ma vengeance.
A demain.
(Diégarias veut répondre; le roi avec autorité:)
            A demain.
(Diégarias s'incline. Le roi appelant:)
            Don Sanche!
DON SANCHE, du seuil de la porte du fond.
            Monseigneur?
LE ROI, à don Sanche.
De ma part, à l'instant, dites au grand-veneur
Que la chasse est remise.
DON SANCHE, à part, en s'éloignant.
            Allons, c'est à refaire.
LE ROI, à Diégarias en lui donnant sa main à baiser.
Es-tu content?
(Le saluant de la main.)
            Je vais songer à cette affaire.
(Il s'éloigne. — Diégarias l'accompagne. — Inès sort
      de l'endroit où elle était cachée.)

SCÈNE VI.

INÈS, seule.

Oh! ma tête se perd. — Ai-je bien entendu? —
Mourir! — don Juan? — Non, non, jamais. —
(Elle fait le mouvement de sortir et aperçoit Diégarias
      qui revient. — A part.)
            Tout est perdu! —
O mon Dieu! c'est en vous maintenant que j'es-
                              (père...
Donnez-moi le secret de désarmer mon père...

SCÈNE VII.

INÈS, DIÉGARIAS.

DIÉGARIAS, à Inès.
Te voilà revenue?
INÈS, s'efforçant de sourire.
            Est-ce trop tôt, seigneur?
DIÉGARIAS.   (cœur,
Trop tôt?... Ne sais-tu pas, toi qui vois dans mon
Lorsque je vais courbé sous le fardeau de l'âge,
Quel est l'ange qui vient adoucir mon voyage?... —
            (L'embrassant.
Je t'aime. —

INÈS.
            Je le sais... Cependant... dites-moi...
Quand vous étiez ici... causant avec le roi...
Si j'étais arrivée, ignorant sa présence,
Au milieu d'une grave et haute confidence,
Et que bien malgré moi quelques mots indiscrets
Fussent venus me mettre en tiers dans vos secrets...
Qu'auriez-vous fait?

DIÉGARIAS, souriant.
            J'aurais l'épouvante dans l'âme,
De savoir mon secret au pouvoir d'une femme. —
Et toi, que ferais-tu?...
INÈS.
Moi?
DIÉGARIAS.
Toi.
INÈS, avec résolution.
            Dans ce moment,
Je dois parler sans voile et sans déguisement.
DIÉGARIAS.
Qu'est-ce donc?
INÈS, montrant l'endroit où elle s'était mise.
J'étais là.
DIÉGARIAS.
            Que dis-tu?
INÈS.
            Mon bon père.

Je dis que je vous veux moins dur et moins sévère.

DIÉGARIAS.

Mais..

INÉS, vivement.

J'ai tout entendu. — Vous demandiez au roi
La mort d'un grand seigneur, nommé don Juan,
Quel crime a-t-il commis? Oh! dites...   [je croi.

DIÉGARIAS

Il conspire.

INÉS.

Contre vos jours?

DIÉGARIAS.

Non, ma fille.

INÉS.

Contre l'empire?

DIÉGARIAS.

Tu l'as dit.

INÉS, à part

Du courage, ô mon Dieu! —

(Haut.)

Je comprend,
Selon vos lois du moins, qu'un attentat si grand
Appelle sur sa tête une prompte justice,
Et veut que l'échafaud soit son moindre sup-
Cependant quand le roi, lui le seul offensé, [plice...
Répugne à se venger sur ce jeune insensé, [bonne,
D'où vient, répondez-moi, vous dont l'âme est si
Que vous vous opposiez au maître qui pardonne?

DIÉGARIAS.

Son intérêt le veut.

INÉS.

Mon père, assurément,
Un roi ne peut rien perdre à se montrer clément ;
Ainsi laissez-le donc, et libre et sans contrainte,
Mériter notre amour et non pas notre crainte.

DIÉGARIAS.

Vous voyez le présent, moi, je vois l'avenir.

INÉS.

Le sang porte malheur.

DIÉGARIAS.

Il faut parfois punir.

INÉS.

Mais ne craignez-vous pas, à la fin, que l'envie,
Essayant de ternir l'éclat de votre vie,
N'attribue, ô mon père, à quelque inimitié
Tant d'obstination et si peu de pitié?

DIÉGARIAS.

Que m'importe! pourvu que tu saches, ma fille,
Que ton père en frappant n'a vu que la Castille.

INÉS.

Et qui vous dit, devant une telle rigueur,
Que le doute n'a point pénétré dans mon cœur?

DIÉGARIAS.

Ne parle pas ainsi.

INÉS.

Je suis peut-être folle,
Mais pour me rassurer j'attends votre parole.

Jurez-moi, monseigneur, et cela hautement,
Que pour lui vous n'avez aucun ressentiment. —
Vous hésitez? —

DIÉGARIAS.

Jamais. — Cette race hautaine
A trop su mériter mon implacable haine. —
Laisse-moi... laisse-moi le haïr. — Sur mon front
Ses aïeux ont versé le mépris et l'affront.

INÉS.   [pague

Que parlez-vous d'affront, vous dont toute l'Es-
Honore les vertus?... que la gloire accompagne?...
Vous, peuple d'origine et simple aventurier,
Que son altesse a fait ministre et trésorier?... —

DIÉGARIAS.

C'est vrai. Mais si demain quelqu'un, dans cette
Que je viens de sauver d'une guerre civile, [ville
Déchiffrant le passé sur mon front soucieux,
Me jetait devant tous le nom de mes aïeux,
Tu verrais mon pouvoir crouler à l'instant même,
Et mon nom si vanté devenir un blasphème. —
Je ne serais si haut que pour tomber plus bas. —
Je sais ce que je dis... je n'exagère pas... —

INÉS.

Quel terrible secret, me cachez-vous, mon père? —

DIÉGARIAS.

J'ai dû, pendant quinze ans, vivre dans le mystère.

INÉS.

Achevez...

DIÉGARIAS.

J'y consens, et cela sans regret,
Car tu peux maintenant me garder mon secret.

INÉS.

Mon Dieu! que vais-je apprendre?

DIÉGARIAS, après avoir regardé autour de lui.

Écoute-moi, ma fille.

INÉS.

J'écoute.

DIÉGARIAS.

Mes amis, l'Espagne, la Castille,
Toi surtout, me faisant un Dieu comme le tien,
Chrétienne par le cœur, tu me croyais chrétien...
Vous n'aviez pour juger qu'une fausse apparence.

INÉS, bas.   [croyance...

Vous n'êtes point chrétien?... quelle est votre
Votre religion... votre Dieu... votre foi?... —
Répondez.

DIÉGARIAS.

Mes malheurs te répondront pour moi...
A vingt ans... — il n'est rien d'impossible à cet
[âge,
J'avais levé les yeux, moi pauvre et sans lignage,
Sur une fille noble, et riche, et de grand nom,
Dont on vantait partout l'illustre et vieux blason.
C'était Bianca ta mère. — Au prochain monastère,
Elle allait chaque soir prier une heure entière. —
Je la voyais ainsi. — Morne et silencieux,

Quand elle s'en allait, je la suivais des yeux.—
Un matin cependant, je reçus une lettre.
Son oncle savait tout ; il m'ordonnait en maître,
A moi, qui pour la voir eusse donné mon sang,
De ne point l'approcher par respect pour son rang.

INÈS.

Qu'avez-vous répondu?

DIÉGARIAS.

Je n'en tins aucun compte.

INÈS.

Après ?

DIÉGARIAS.

Après, ma fille !.. O désespoir ! ô honte !

INÈS.

Parlez.

DIÉGARIAS.

Cet homme...

INÈS.

Eh bien ?

DIÉGARIAS.

Par ses gens,
Me fit insolemment traîner dans son pa[lais]

INÈS.

Ciel !

DIÉGARIAS.

Et là...—souvenir qui brûle encor mon âme !—
Là, les pieds et les mains liés comme un infâme,
Je vis deux vils laquais, riant de mon effroi,
Des verges à la main s'avancer jusqu'à moi

INÈS.

Oh !

DIÉGARIAS.

L'ordre fut donné.

INÈS.

Que dites-vous ?

DIÉGARIAS, avec une ironie convulsive

Ma fille,
C'est ainsi que se venge un noble de Castille.
Pouvait-il après tout, lui, riche, ayant blason,
Lui, seigneur suzerain, dont l'antique maison,
Illustre à faire envie à tous nos grands d'Espagne
Remontant à César ou bien à Charlemagne,
Pouvait-il s'oublier et descendre assez bas
Pour me traiter en homme, en citoyen ?... non
Avant tout j'étais juif.

INÈS.

Juif ?—

DIÉGARIAS, avec rage.

C'est-à-dire un homme
Qu'on repousse du pied, qu'avec mépris on
(nomme,
Qu'on traîne impunément au fond de son palais,
Et que l'on fait fouetter par deux de ses valets.

INÈS.

Oh ! du calme, du calme.

(Pause.)

DIÉGARIAS, reprenant.

Après un tel outrage.

DIÉGARIAS

Tout entier à l'orgueil, à la haine, à la rage,
Je n'eus, la nuit, le jour, qu'une pensée au cœur,
De le tenir râlant sous mon poignard vainqueur.—
J'avais vieilli d'un siècle. — Une heure, heure
effroyable,
Avait fait d'un enfant un âge impitoyable.

INÈS.

Et ma mère ?

DIÉGARIAS.

Ta mère... ? Elle me dit un mot,
Et mon cœur étonné se rendit aussitôt. — (dresse.
« Fuyons ! » — Ma haine avait fait place à ma ten-
Heureux et confians nous partîmes. — La Grèce
Nous reçut.—Là, mon sort s'adoucit, je de...
Riche et puissant. Je fus honoré ; mais en vain,
Le repos me fuyait ! mon injure passée, (pensée
Comme un crime, un remords, pesait sur ma
Bianca mourut, laissant, dans ses derniers adieux,
Le désir d'être un jour transporter en ces lieux —
Ce désir fut ma loi. — Je partis —Par prudence,
Je pris un autre nom, je cachai ma croyance,
Si bien qu'après vingt ans... vingt ans d'exil enfin.
Nul ne revit en moi Jacob Eliacin. —   (homme.
Et maintenant, dis-moi, ce grand seigneur, cet
Veux-tu savoir, enfant, de quel nom il se nomme?
Don Jacques de Tello, comte de Santa-Fiel.

INÈS.

Le père de don Juan ?

DIÉGARIAS.

Lui-même

INÈS, à part.

Juste ciel !

DIÉGARIAS, comme se parlant à lui-même.

Ameutant contre moi sa valetaille infâme,
Qu'il prenait de plaisir à torturer mon âme !...
Et dire qu'il est mort sans avoir acquitté
Sa dette d'infamie et son indignité ! —
Je n'aurai pas en vain conservé ma colère !
Le fils me répondra des outrages du père.

INÈS.

Grâce ! grâce !

DIÉGARIAS.

Il mourra. — Te parler autrement,
Ce serait te tromper et mentir bassement —
Il mourra.

INÈS, désespérée

Mourir !.. lui !... — Si vous avez une âme,
Ayez pitié de moi.

DIÉGARIAS.

Comment ?

INÈS, se jetant à ses pieds.

Je suis sa femme.

DIÉGARIAS.

Sa femme ? — toi ? —

(La relevant.)

Voyons, ne parle pas ainsi... —
Tu veux m'épouvanter, je le sais.—Tout ceci
N'est qu'un jeu n'est-ce pas ?.. Réponds.

        INÈS, fixant un effort sur elle.
                    Je suis comtesse
De Santa-Fiel.
        DIÉGARIAS, la regardant en face.
    Vous ?... vous ?...
                (La repoussant avec mépris.)
                        Vous êtes sa maîtresse.
        INÈS, avec dignité.
Je ne m'attendais pas, mon père, à .t affront
Dont ma vertu s'indigne et dont rougit mon front.—
Je n'ai pu repousser ni vaincre ma tendresse,
C'est vrai; je suis sa femme et non pas sa maîtresse.
                        (Pause.)

        DIÉGARIAS, lui remettant la lettre de don Juan.
Lis.
INÈS, se cachant le visage entre les mains après avoir lu.
        O mon Dieu ! mon Dieu !
                    (Moment de silence.)
        DIÉGARIAS, très ému, lui pressant la main.
                        Sois forte en ta douleur.
        INÈS, voulant se jeter à ses pieds.
Mon père !.....—
                DIÉGARIAS, l'arrêtant
        Dans mes bras !
        (Ils restent un moment embrassés.—A part.)
                        Malheur sur lui, malheur!

ACTE DEUXIEME.

Même décoration qu'au premier acte.

SCÈNE I.

(Diégarias et Abul-Bekri sont en scène.)

DIÉGARIAS, ABUL-BEKRI.

        DIÉGARIAS, à Abul-Bekri.
Quelle heure est-il ?
        ABUL-BEKRI.
    Minuit bientôt.
        DIÉGARIAS.
                Approche-toi.—
        (Lui montrant une bourse qui est sur la table.)
Prends cette bourse.
    ABUL-BEKRI, prenant la bourse et la faisant
        sauter dans ses mains.
            Diable ! elle est lourde.
        DIÉGARIAS.
                    Dis-moi
Combien elle contient.
    (Abul-Bekri met les pièces par piles, puis il les con-
        temple avec cupidité.)
    ABUL-BEKRI, à part.
            Je veux être un infâme,
Si ce métal maudit ne trouble point mon âme.
        DIÉGARIAS.
Eh bien ?
        ABUL-BEKRI.
    Cent vingt doublons.
        DIÉGARIAS.
                C'est un fort beau denier ;
Qu'en dis-tu?
        ABUL-BEKRI, souriant.
    Moi, seigneur?...— Je disais, l'an dernier,
A l'un de mes amis qui me parlait d'affaire,
Que pour cent vingt doublons j'étais homme à tout
        DIÉGARIAS.   [faire.
As-tu changé d'avis ?
        ABUL-BEKRI.
            Hé !
        DIÉGARIAS.
                Parle.
        ABUL-BEKRI.
                    C'est selon.
        DIÉGARIAS.
As-tu changé d'avis ?.. Réponds sans détour.
    ABUL-BEKRI, après l'avoir attentivement regardé.
                        Non.
                (Moment de silence.)
        DIÉGARIAS.
Alors, si je voulais me venger d'un outrage,
Je pourrais hardiment compter sur ton courage ?
        ABUL-BEKRI.
Oui.
        DIÉGARIAS.
    Sur ton épée ?
        ABUL-BEKRI.
    Oui.
        DIÉGARIAS.
        D'un mot...
        ABUL-BEKRI.
                J'obéirai.
        DIÉGARIAS.
Même pour la mort d'un homme ?
        ABUL-BEKRI.
                    Je le tuerai.
        DIÉGARIAS.
Sans pitié ni merci ?
        ABUL-BEKRI.
        Je serai sourd aux larmes.
        DIÉGARIAS.
Tu le jures ?

ABUL-BEKRI.
Soyez tranquille.
DIÉGARIAS.
                    Où sont les armes?
ABUL-BEKRI, entr'ouvrant son manteau.
Voici.
DIÉGARIAS, montrant le cabinet à droite.
    Tu te mettras dans cet appartement.
Là,—tu seras muet surtout.—Dans un moment...
ABUL-BEKRI.   [comme
Je vous entends, seigneur, il suffit.—Qu'il se
Diègue ou Lopès: qu'il soit manant ou gentil-
                    [homme,
Chevalier de Saint-Jacque ou bien d'Alcantara,
Vous n'avez qu'à parler, et votre homme mourra.
DIÉGARIAS.
C'est dit; va.—Que fais-tu?
ABUL-BEKRI, prenant les doublons.
            Maître, sans vous déplaire...
DIÉGARIAS, lui arrêtant le bras
Plus tard...—Sache d'abord mériter ton salaire.]
ABUL-BEKRI, posant le sac sur la table.
Fort bien.—
        (A part.)
    Si tu savais le secret que j'ai là,
Tu te repentirais d'agir comme cela;
C'est moi qui te le dis.—Pour payer mon silence...
DIÉGARIAS.
Qu'attends-tu!
ABUL-BEKRI.
J'obéis, monseigneur.
            (Entrant dans le cabinet.
        Patience!

SCÈNE II.

DIÉGARIAS, seul.

Tout n'est que trop réel...—A quoi suis-je réduit!...
Sombre nécessité, jusqu'où m'as-tu conduit?...—
    (Perés entre tenant une épée à la main.)

SCÈNE III.

DIÉGARIAS, PERÉS.

PERÉS, remettant l'épée à Diégarias.
Voilà.
DIÉGARIAS, à voix basse, après avoir passé l'épée à sa ceinture.
    Tu te souviens de mes ordres?
PERÉS, bas.
            Oui, maître.
    (Montrant la fenêtre à gauche.)
Je me tiendrai caché là, sous cette fenêtre;
Un homme montera; s'il en descend, un mot.

Tu seul de votre bouche, il est mort aussitôt.
    (Sur un geste de Diégarias, Perés sort.
DIÉGARIAS, après avoir attaché l'échelle à la croisée.
Qu'il vienne maintenant.
    (Lisant la lettre de don Juan.)
        « Contre une âme rebelle
« Je me heurtai.—C'était une enfant jeune et belle,
« Dix-huit ans, le teint rose, au regard radieux
« Et pur comme l'étoile éclose dans les cieux... »
    (Il parcourt le reste des yeux.—Fermant la lettre.)
Il a caché le nom...—S'il résiste, qu'il tombe...
Mon secret avec lui s'éteindra dans la tombe.—
    (On entend, au dehors, frapper trois coups dans la
            main.)
C'est lui.
    (Jetant l'échelle de soie.
    Pourvu qu'il monte.
        (Il regarde en écartant les draperies.)
            Allons, rassurons-nous.
Viens, viens, don Juan, quelqu'un t'attend au
                [rendez-vous
(Il se cache derrière les draperies.—Don Juan paraît
        au haut de l'échelle.

SCÈNE IV.

DON JUAN, DIÉGARIAS.

DON JUAN, s'appuyant sur la croisée.
Je suis ivre à moitié.—Que je me débarrasse.—
(Il jette son manteau sur le théâtre.—Puis posant
        son épée.)
Inés, tiens mon épée.—
(Diégarias allonge la main et la prend.—Don Juan
        sautant.)
        Enfin!—
(Mettant de l'ordre à sa toilette.—Sans détourner la
        tête.)
            Je te rends grâce;
Je me serais rompu la tête sans cela.—
(Ne voyant personne lui répondre, il se retourne avec
        nonchalance.)
Où donc es?...
    DIÉGARIAS, faisant un pas vers lui.
    Votre épée.
    DON JUAN.
        Ah!
    DIÉGARIAS, la lui mettant sous les yeux.
            Comte, la voici.
    DON JUAN, à part.
Je suis joué!
    DIÉGARIAS, à part.
    Mon Dieu! donnez-moi le courage
De ne pas sur-le-champ me venger de l'outrage.—
    (Moment de silence.—A don Juan.)
Je serai calme et bref, écoutez.—
        (Ne pouvant se contenir,)

Cependant
Vous conviendrez, monsieur, qu'il était imprudent
De quitter votre épée et d'oser à cette heure
Aventurer vos pas jusque dans ma demeure.
DON JUAN.
Vos paroles, monsieur, sont pleines de raison,
Car j'aurais dû m'attendre à quelque trahison.
DIÉGARIAS.
Ah!
DON JUAN.
Quant à mon épée, elle ne pouvait être
En de meilleures mains.
DIÉGARIAS, avec violence.
Oui, pour la briser, traître.
(Il la brise et en jette les morceaux aux pieds de don
Juan.)
DON JUAN, les repoussant du pied.
Très bien.
DIÉGARIAS, menaçant.
Je te tiens donc enfin en mon pouvoir!
DON JUAN.
Si j'étais, monseigneur, un homme à m'émouvoir,
Avec votre air fatal et vos cris de menace,
Je me verrais réduit à vous demander grâce.
DIÉGARIAS, hors de lui.
Tenez, ne raillez point, comte, car, voyez-vous,
Vous feriez éclater ma haine et mon courroux. —
Je vous tiens, songez-y... — Je puis d'un mot,
[d'un signe,
Laver dans votre sang votre conduite indigne. —
Ah! que les voilà bien ces illustres seigneurs,
Héritiers d'un passé de gloires, de splendeurs,
Qui, souillant leurs blasons du souffle de leurs
[âmes,
Cachent sous de grands noms des lâchetés infâmes;
Et qui...
DON JUAN, froidement.
Venons au fait.
(Pause.)
DIÉGARIAS, comme rappelé à lui-même, avec une
profonde émotion.
Ma présence en ces lieux,
La pâleur de mon front, ces larmes dans mes
Le désespoir muet de mon âme offensée, [yeux,
Ne vous ont-ils donc pas expliqué ma pensée?
DON JUAN.
Je l'attends.
DIÉGARIAS, se contenant.
Vous avez, par une trahison,
Attaché l'infâmie au seuil de ma maison. —
Eh bien! malgré cela, c'est moi, monsieur le
[comte,
Père désespéré dont on ne tient point compte,
Vieillard de soixante ans, dont le nom, dont l'as-
[pect,
Semblaient devoir, du moins, inspirer le respect,
C'est moi, l'appui d'un roi, ministre de Castille,

Qui viens, monsieur le comte, au nom de ma fa-
[mille,
Au nom de vos remords, de votre loyauté,
Vous demander l'honneur que vous m'avez ôté.
A ma voix, par pitié! ne soyez pas rebelle.
Non; tout est prêt, le prêtre attend dans la cha-
Venez. [pelle:
DON JUAN.
Monsieur...
DIÉGARIAS, lui prenant la main.
Venez, et dès lors, triomphant,
Oh! je vous aimerai comme un second en-
[fant... —
Vous serez tout pour moi, croyez-le... — Je vous
[jure,
J'oublierai le passé, vos affronts, votre injure;
J'oublierai tout. — Venez.
DON JUAN, se dégageant la main.
Impossible, monsieur;
Chacun m'accuserait d'avoir cédé par peur.
DIÉGARIAS.
Impossible?.. impossible?—Ah! savez-vous bien,
[comte
Que je ne suis pas homme à vivre avec la honte...
Que tout vieux que je suis, je... Mais non, écou-
[tez,
Non, je ne vous crois point, tenez, vous plaisan-
[tez. —
Ce serait, voyez-vous, trop lâche et trop infâme,
Après avoir brisé l'avenir d'une femme,
Porté le désespoir et la mort dans son cœur,
Fait de ses dix-huit ans un legs au déshonneur,
Voyant que dans les pleurs s'épuise son courage,
De détourner les yeux, comte, de votre ouvrage...
Non, quel que soit le sang dont vous êtes sorti,
Non, non, vous n'êtes point si vil, si perverti...
Venez.
DON JUAN.
Jamais, monsieur, jamais. — Prenez ma vie;
Par un assassinat qu'elle me soit ravie;
Mais ne vous flattez pas qu'oubliant ma fierté,
Je rachète mes jours par une lâcheté. [nace,
Non. — Tout homme pour moi qui cède à la me-
S'il est noble, monsieur, a fait mentir sa race.
DIÉGARIAS, avec explosion.
Eh bien! soyez maudit!—
(Avec une douleur profonde.)
J'ai passé soixante ans,
Pouvant avec orgueil montrer mes cheveux blancs,
N'ayant pas un remords caché dans la poitrine,
Et voilà qu'à cette heure il faut que j'assas-
(A don Juan.) [sine!...—
C'est vous qui m'y forcez, soyez, soyez maudit!
(Lui montrant un parchemin qui est sur la table.)
Ceci, c'est un contrat, signez... ou tout est dit.

DON JUAN, *se dégageant le bras que Diégarias*
avait pris.

Vous êtes fou.

DIÉGARIAS, *s'arrêtant au moment de sonner.*

        J'ai là, derrière cette porte,
Un homme, un meurtrier, un assassin, n'importe.
Il n'a jamais connu ni crainte ni remord.
Je n'ai qu'un mot à dire, comte, et vous êtes mort.
Réfléchissez.

DON JUAN.

C'est fait.

DIÉGARIAS.

        Tenez, voici la plume.
Mes paroles souvent sont pleines d'amertume;
Oubliez-les, signez.

DON JUAN.

Jamais.

DIÉGARIAS, *avec égarement.*

        Dieu tout-puissant,
Cet homme, en vérité, veut voir couler son sang!...
Allons, quelle que soit mon horreur pour le crime,
Je n'y résiste plus... sa mort est légitime...—
Que je remplisse ou non l'office du bourreau,
Je scelle avec son sang mon secret au tombeau.
(Criant.)
Entrez! —

(Abul-Bekri entre, un masque sur le visage et l'épée à
la main. — Devant cette apparition subite, don Juan
recule involontairement. — Diégarias d'un ton mé-
prisant :)

    Ne fuyez pas, ce serait inutile.

DON JUAN, *se mordant les lèvres de dépit.*

Tu te trompes, vieillard... je suis calme et tran-
                       [quille...
J'attends. — Me voilà! — Frappe, et cela sans pitié;
Assouvis dans mon sang ta sombre inimitié;
Il est temps de prouver à la Castille entière
Que son premier ministre, à l'âme haute, altière,
Qui tient depuis douze ans les rênes de l'état,
Ne sait point reculer devant l'assassinat.

DIÉGARIAS.

Comte, le châtiment sera comme l'offense;
Il restera caché dans l'ombre et le silence.

DON JUAN. [intérêt,

Comme l'offense?... — Allons, dans ton propre
Je crois que tu sauras mieux garder ton secret;
Mes amis savent tous où je suis à cette heure;
Ainsi donc, hâte-toi, si tu veux que je meure.

DIÉGARIAS.

On le sait!...
(A Abul-Bekri.)

    Frappe! —
(Au moment où Abul-Bekri se précipite sur don Juan,
il l'arrête.)

    Non.
(Moment de silence. — A part.) [douter!...

        Que ne puis-je en

Je n'ai donc sur ce point plus rien à redouter...—
Et moi qui me flattais que sous six pieds de terre,
Avec lui descendrait ce scandaleux mystère!...—
(A don Juan.)
Tu triomphes... le sort en décide autrement...
Vis donc, et ne crains plus mon juste châtiment.—
La réparation, comme non advenue,
Ne doit point se cacher quand l'injure est connue.

DON JUAN.

Qu'espérez-vous encor?

DIÉGARIAS, *avec hauteur.*

        Vous l'apprendrez du roi.
(Ouvrant la porte du fond et criant.)
Holà! gardes, holà!...

LE GARDE, *du seuil de la porte.*

    Seigneur?

DIÉGARIAS.

        Approche-toi.—
(Montrant don Juan.)
Cet homme est prisonnier. —
(Mouvement de don Juan.)

        Monsieur, la résistance
Ne servirait de rien dans cette circonstance.
(Au garde.)
Obéissez.

DON JUAN, *après un moment d'hésitation.*

    Allons.

        (Il suit le garde.)

SCÈNE V.

DIÉGARIAS, ABUL-BEKRI, *dans le fond.*

DIÉGARIAS, *s'asseyant.*

        Honte et damnation!...—
Malgré moi je le crois. — Oui, la conviction,
Dans mon âme est entrée avec sa voix sinistre.—
Soyez donc tout-puissant... — soyez premier mi-
                       [nistre!

ABUL-BEKRI, *s'avançant vers Diégarias, à part.*

A nous deux, maintenant.

DIÉGARIAS, *continuant.*

        O toi, durant douze ans,
Dont seul j'ai soutenu les états chancelans,
Toi qui, pour appuyer ta puissance royale,
N'as jamais pu trouver une main plus loyale,
Quand je mets, à mon tour, mon espérance en toi,
Tu ne peux me manquer, n'est-ce pas, ô mon

ABUL-BEKRI, *à Diégarias.* [roi?—

Un mot, seigneur, un mot.

DIÉGARIAS, *se levant.*

        Je ne puis vous entendre.

ABUL-BEKRI.

Un seul.

DIÉGARIAS.

Non.

ABUL-BEKRI, *avec autorité.*
Il le faut.
DIÉGARIAS, *avec hauteur.*
Oseriez-vous prétendre ?...
ABEL-BEKRI, *froidement.*
Je prétends vous parler, monseigneur.
DIÉGARIAS.
Tu prétends ?
ABEL-BEKRI, *se mettant devant lui.*
Je prétends vous parler, et cela dans l'instant.
Oh ! ne m'accusez pas d'audace, d'insolence ;
Non ; depuis trop long-temps je garde le silence,
Acceptant les ennuis de ma position,
Vous servant de valet, d'assassin, d'espion,
Tandis que j'avais là, dans mon âme importune,
Maître, un de ces secrets qui font notre fortune.
DIÉGARIAS, *avec emportement.*
Eh ! que m'importe à moi...
ABEL-BEKRI.
C'est tout ou ce n'est rien ;
C'est l'histoire d'un juif couvert d'un nom chrétien.
DIÉGARIAS, *tressaillant.*
Tu dis ?
ABEL-BEKRI.
Que j'attendais l'heure, la circonstance,
Où mon secret devait gagner en importance.
DIÉGARIAS.
Je ne vous comprends pas ; expliquez-vous.
ABEL-BEKRI.
Vraiment ?
Je vais donc essayer de parler clairement. —
En l'an mil quatre cent trente, j'étais en Grèce,
Où m'avait entraîné ma première maîtresse.
Là, je vivais fort mal, faisant plus d'un métier.
J'avais été soldat, marchand, contrebandier ;
Enfin je fus corsaire. — Après une entreprise,
Voulant tout aussitôt vendre ma part de prise,
Au juif Eliacin je me suis adressé. —
J'aurais pu mieux choisir, je fus presque chassé. —
Depuis ce jour les traits de cet homme bizarre
Sont demeurés gravés dans ma pensée avare ;
Si bien qu'à Madrijal, voilà deux mois bientôt,
Ayant, Dieu sait comment, découvert un complot
Tramé par l'amiral et l'envoyé de Rome,
J'allai voir le ministre et retrouvai mon homme.
C'était vous.
DIÉGARIAS.
Moi ?...
ABEL-BEKRI.
Vous-même. — Avouez, monseigneur,
Que j'ai de mon côté bien joué de malheur. —
Tandis que vous montiez ; tandis qu'en postillon-
[ne,
Vous vous faisiez un nom que partout on renom-
[me ;
Caché par le hasard sous l'habit d'un chrétien,
Et devenu d'un roi le guide et le soutien,
Tandis que vous domptiez quelque superbe ville

Où grondaient le tumulte et la guerre civile ;
Qu'on vous livrait plus d'or qu'il n'en faudrait
[vraiment
Aux désirs effrénés d'un méchant garnement,
Moi, je traînais des jours si peu dignes d'envie,
Que pour un ducaton j'aurais donné ma vie.
DIÉGARIAS, *à part.*
Où veut-il en venir ?
ABEL-BEKRI, *continuant.*
Cependant j'avais tort
De maudire le ciel et d'accuser le sort. —
Vous êtes tout-puissant ; d'un mouvement de tête
Vous faites dans l'état le calme ou la tempête ;
Vous avez des trésors immenses, des valets,
Des terres, des vassaux, de somptueux palais ;
C'est bien ; mais moi je puis d'un mot, d'une pa-
[role,
Plus vite que l'éclair ou que l'oiseau qui vole,
Entr'ouvrant sous vos pieds un abîme béant,
Vous faire tout entier rentrer dans le néant.
DIÉGARIAS, *fièrement.*
Que ne le faites-vous ?
ABEL-BEKRI.
Fi donc ! seigneur. — Le faire ?...
Ce serait avant tout une mauvaise affaire :
Vous, puissant, je le suis ; tombé, je ne suis rien ;
Vous comprenez ?
DIÉGARIAS, *avec amertume.*
Oui... oui... je vous comprends trop bien...
Fatigué de servir, vous voulez être maître...
Être riche... être heureux... être puissant.
ABEL-BEKRI.
Peut-être.
DIÉGARIAS.
Pour vous taire, en un mot, il vous faut beaucoup
[d'or.
ABEL-BEKRI.
Vous l'avez dit, beaucoup. — Mais je veux plus en-
[cor.
DIÉGARIAS.
Quoi ?
ABEL-BEKRI.
L'or ne suffit pas ; dans mes mains il s'écoule
Comme le flot mouvant que la brise refoule. —
Je suis riche à présent, une heure après, bonjour.
DIÉGARIAS.
Parlez, que vous faut-il ?
ABEL-BEKRI.
Une place à la cour.
DIÉGARIAS.
A la cour ?
ABEL-BEKRI.
Qu'est-il là d'étonnant, je vous prie ? —
DIÉGARIAS.
Ce que vous demandez est une raillerie...
ABEL-BEKRI.
Vous vous trompez.
DIÉGARIAS.
Pourtant...

ABUL-BÉKRI.
        Je me tais à ce prix.
            (Moment de silence.)
DIÉGARIAS.
Ce serait pour la cour montrer trop de mépris. —
Mon valet!
        ABUL-BÉKRI.
Choisissez.
            (Pause.)
    DIÉGARIAS, à part.
            Oh! maudite soit l'heure,
Cette heure qui m'a vu rentrer dans ma demeure
Ministre de Castille et favori d'un roi!...
        ABUL-BÉKRI.
Qu'avez-vous décidé?
        DIÉGARIAS.
            D'être digne de moi.
Je refuse.
        ABUL-BÉKRI.
    Vous re...
        DIÉGARIAS.
        Je refuse, vous dis-je.
    ABUL-BÉKRI.
Songez...
        DIÉGARIAS.
    Pour m'ébranler, il faudrait un prodige.
        ABUL-BÉKRI.
Votre intérêt.
    DIÉGARIAS, avec mépris.
    Sortez!
(Abul-Békri veut répondre; Diégarias lui ordonne de sortir en lui montrant la porte. — Abul-Békri se relève alors de toute sa hauteur, et vient se poser, les bras croisés sur la poitrine, devant Diégarias.)
    ABUL-BÉKRI, avec une rage concentrée.
        Je sortirai, seigneur,
Quand je vous aurai dit ce que j'ai sur le cœur. —
Vous avez du dégoût pour tout ce qui me touche...
Du dédain dans les yeux... et l'insulte à la bou-
Vous affectez un ton tellement offensant, [che...
Que je sens frissonner et bouillonner mon sang...
Pourquoi?... Suis-je un juif, moi? dites...—Dans
                    [ma jeunesse,
Quelqu'un m'a-t-il contraint de m'exiler en Grè-
Ai-je jamais été dans la cour d'un palais, [ce?...
Impunément frappé par d'ignobles valets?...
Ne m'interrompez pas.—Je marche tête haute,
Sachant que ma fierté ne me fera point faute:
Et je ne cache pas, étant maure ou païen,
Le nom de mes aïeux sous celui d'un chrétien.
    DIÉGARIAS, se contenant à peine.
Mon Dieu!
    ABUL-BÉKRI, continuant.
        Ce n'est pas tout, ministre de Castille:
Moi, je n'ai point d'enfant, moi, je n'ai point de
                    [fille,
Délaissée et flétrie aux bras d'un grand seigneur,

Dont je n'ai pas encor vengé le déshonneur. —
Maintenant au revoir. —
    DIÉGARIAS, se jetant entre lui et la porte.
        Il est trop tard...—Arrière!...—
Ah! tu m'as insulté dans ma douleur de père... —
Je puis encor tenir une épée... A nous deux!
            (Il tire son épée.)
        ABUL-BÉKRI.
Non, le combat pour toi serait trop hasardeux,
Et je tiens à la vie.
    DIÉGARIAS, menaçant.
        Ah! tu veux railler, traître!
        ABUL-BÉKRI.
Laisse-moi m'éloigner.
    DIÉGARIAS, se jetant devant la porte du fond.
        Jamais.
    ABUL-BÉKRI, sortant par la fenêtre.
            Cette fenêtre
Me suffit; à bientôt
    DIÉGARIAS, s'élançant pour le retenir.
        Malheur et désespoir! —
    (A la croisée.)
Pérès, vous entendez, faites votre devoir. —
    ABUL-BÉKRI, au dehors.
Un guet-apens!...— Allons, défends-toi, miséra-
                    [ble! —
(On entend le cliquetis des armes, puis un grand
        silence.)
    DIÉGARIAS, écoutant.
Ah!...— Plus rien. — Dieu vengeur, soyez-nous
                secourable.—
(Moment de silence. — Un grand bruit de voix se fait
    entendre du côté opposé.—Diégarias retournant in-
    volontairement la tête.)
Quel est ce bruit?
(La porte du fond s'ouvre; le page du roi paraît; il
    est suivi d'un homme d'armes.)

SCÈNE VI.

DIÉGARIAS, LE PAGE, puis PÉRÈS.

    DON GAÉTAN, à Diégarias.
        Chargé d'un message important,
L'alcade d'Avila nous arrive à l'instant.
Notre seigneur le roi vous fait dire, Excellence,
De vous rendre au palais en toute diligence.
    DIÉGARIAS, à part.
M'éloigner... sans savoir... Non, non, je ne le puis.
    PÉRÈS, bas à Diégarias.
Maître, rassurez-vous, il est mort.
            (Moment de silence.
    DIÉGARIAS, au page.
            Je vous suis.

ACTE TROISIÈME.

Une salle à l'Alcazar. — Galerie au fond.

SCÈNE X.

(Don Gaëtan est nonchalamment couché dans un fauteuil. — Plusieurs seigneurs, parmi lesquels se trouvent le connétable et Don Sanche, sont dans la galerie du fond.)

DON GAÉTAN, dans la salle; DON SANCHE, LE CONNÉTABLE, LES SEIGNEURS, dans la galerie.

DON GAÉTAN, à part.
Les conseillers royaux retiennent Son Altesse...
Tant mieux... nous n'irons pas ce matin à la messe.
DON SANCHE, qui semble contrarié de la présence de don Gaëtan, vient à lui en faisant signe aux seigneurs de l'attendre.
On dit que les courriers arrivés d'Avila
N'apportent rien de bon, marquis.
DON GAÉTAN, couché.
                              On dit cela ?
DON SANCHE.
Tu n'en savais donc rien ?
DON GAÉTAN, se levant.
                    Sais-je, moi, quelque chose,
Sinon que ma maîtresse a l'œil bleu, le teint rose,
Les cheveux longs et noirs, l'air piquant et mutin,
Et les pieds si petits qu'ils tiennent dans la main ?
(Lui prenant le bras et s'éloignant.)
Aussi mes libres jours se suivent sans mélange ;
Je bois lorsque j'ai soif ; lorsque j'ai faim, je man-
                                              [ge :
Et riche des vingt ans dont brille mon regard,
Je vis par passe-temps et j'aime par hasard.
(Il s'éloigne. Don Sanche le reconduit jusqu'à la galerie ; les seigneurs et lui descendent la scène.)

SCÈNE XI.

DON SANCHE, LE CONNÉTABLE, LES SEIGNEURS.

DON SANCHE.
Pour affaires d'état, le ministre et son maître
Resteront · conseil une heure encor peut-être ;
De plus, mon page veille hors de l'appartement ;
Nous pouvons donc, messieurs, nous parler libre-
                                              [ment.
J'ai voulu vous rejoindre en cette salle basse,
Non pour vous rassurer sur tout ce qui se passe,
Ni pour faire un appel à votre fermeté
Quand il se faut montrer homme de volonté ;
Je vous connais trop bien pour vous faire l'injure
De vous supposer l'âme ou moins forte ou moins
                                              [sûre ;
Quels que soient les dangers qui naissent sous nos [pas,
Votre front, je le sais, ne se troublera pas.
Nous sommes, au surplus, trop loin dans la car- [rière
Pour oser maintenant retourner en arrière.
LE CONNÉTABLE.
Au fait.
DON SANCHE.
            Je vous l'ai dit : au fond d'une prison,
Sous l'accusation de haute trahison,   [plices,
Don Luc et don Pedro, dont nous sommes com-
Attendent sans espoir l'instant de leurs supplices.
Ils auraient, en parlant, pu conjurer le sort,
Mais, au lieu de parler, ils ont choisi la mort.
Soyons à la hauteur de nos deux frères d'armes.
Nous devons à leur mort, du sang et non des lar- [mes.
Nous avons ce qu'il faut pour tenter le hasard,
C'est à nous donc d'agir, et d'agir sans retard.
Je ne me laisse point aveugler par la haine ;
Non, l'heure est opportune et la chance certaine ;
Les courriers arrivés cette nuit d'Avila
Ne vous ont rien laissé désirer en cela :
Ce qu'ils ont dit ne peut que flatter notre audace :
Burgos est en rumeurs, Valladolid menace,
Avila, dont l'impôt fait croître le malheur,
A chassé de ses murs le nouveau gouverneur.
UN SEIGNEUR.
Il faut des moyens sûrs dans les temps où nous [sommes.
DON SANCHE.
Jean deux, roi d'Aragon, nous promet cinq mille [hommes ;
La Navarre trois mille, et tous de bons soldats,
Qui se battent sans peur et ne reculent pas.
LE CONNÉTABLE.
Qu'avons-nous sous la main ?
DON SANCHE.
                          Les partisans du prince,
Les vôtres et les miens
LE CONNÉTABLE.
                        Après ?

DON SANCHE.
                    Une province
Toute prête à fournir deux cents lances.
          LE CONNÉTABLE.
                              Et puis?
          DON SANCHE.
Sept ou huit châteaux-forts que gardent des amis.
Ajoutez à cela, si l'Aragon nous manque,
Que nous aurions pour nous Tolède et Salamanque;
Que Tolède est bornée à l'ouest par Avila;
Que celle-ci fera ce que veut celle-là.
          LE CONNÉTABLE.
Donc vous croyez urgent de brusquer l'entreprise?
          DON SANCHE.
Attendre, aux trahisons c'est vouloir donner prise.
A quoi nous peut servir tant d'hésitation?
Nous devrions trembler de notre inaction.
Chaque heure, dans ce temps de bases perfidies,
Pèse comme un danger sur nos têtes hardies.
Quand au but souhaité on touche de la main,
C'est se perdre à plaisir de rester en chemin;
Nous avons à lutter, nous avons à combattre,
Non contre ce Henri qu'un souffle doit abattre,
Mais contre le ministre, esprit rare et profond,
Dont le coup d'œil est juste, et dont le geste est
                              [prompt.
          LE CONNÉTABLE.
Un parvenu qui veut, dans l'intérêt du trône,
Assujétir nos droits aux droits de la couronne.
          DON SANCHE.
Il le voulait hier, il le veut aujourd'hui;
Le temps rend tout possible aux hommes comme
                              [lui.
Il faut le prévenir.
          LE CONNÉTABLE.
                    Mes sentimens sont vôtres.—
A l'œuvre!... — Nous pensons les uns comme les
                              [autres.
          DON SANCHE, apercevant son page.
Silence, le roi sort du conseil. — Bon espoir. —
A la tour Del-Oro, je vous attends ce soir.
(Les seigneurs se rangent de côté. — Le roi entre suivi
de Diégarias.)
          LE ROI, à don Sanche.
Les courriers sont partis?
          DON SANCHE.
                    Ils sont partis, Altesse.
(Sur un geste du roi, tout le monde sort.)

SCÈNE III.

LE ROI, DIÉGARIAS.

          LE ROI.
Non, ne te laisse pas aller à la tristesse.
Si quelqu'un doit rougir, comte, ce n'est pas toi;
Ce n'est pas ton Inés au cœur si pur.—Crois-moi,
          homme sans âme et sans valeur aucune
          ar ton nom relever la fortune.

          ARIAS.

DIÉGARIAS.
Vous êtes vraiment bon.
          LE ROI.
                    Espère.
          DIÉGARIAS.
                              Il va venir.
Vous allez décider de tout mon avenir,
Sire: soyez prudent.
          LE ROI.
                    Je n'ai qu'un mot à dire:
Ton outrage est le mien.
          DIÉGARIAS.
                              Il peut résister, sire,
          LE ROI.
Résister? Nous verrons.—On vient, sois sans ef-
Pour venger un ami, comte, je serai roi.   [froi.
(Diégarias sort. — Don Juan entre.)

SCÈNE IV.

LE ROI, DON JUAN, dans le fond.

          LE ROI, à don Juan, d'une voix sèche et brève.
Approchez-vous.
          DON JUAN, à part.
                    Quel ton sévère et péremptoire...
Son Altesse est au fait de ma dernière histoire,
Ça se voit.
          LE ROI.
          Écoutez. Don Luc et don Pedro
Viennent d'être arrêtés; don Gusman de Castro
Le sera dans une heure, et vous, monsieur le com-
Votre arrestation ne sera pas moins prompte: [te.
Conspirant avec eux contre notre maison.
Vous êtes accusé de haute trahison.
          DON JUAN.
Monseigneur...
          LE ROI.
                    Vous devez connaître les supplices
Qui vous attendent, comte, et vous et vos compli-
Enseveli vivant dans l'horreur d'un cachot, [ces?
Pour vous bénir un prêtre, ensuite l'échafaud,
Où vous irez pieds nus comme un traître, âme vile,
Que le vol a conduit au gibet de la ville.
          DON JUAN, à part.
Diable!
          LE ROI.
          Ce n'est pas tout.—Pour la troisième fois,
Je vous tiens en flagrant délit contre mes droits.
Je peux donc, et cela fussiez-vous plus que comte,
Avant que le bourreau vous ait jeté sa honte,
Dégradant votre nom, brisant votre écusson,
Transmettre à vos neveux l'échafaud pour blason.
Je donne ici, monsieur, la parole du maître,
Du roi. — Ce que j'ai dit sera fait à la lettre,
A moins qu'à l'instant même, en ces lieux, devant
                              [nous,

Votre victime en vous se retrouve un époux.

DON JUAN.

Sire...

LE ROI.

Réfléchissez; vous avez un quart d'heure.

(Il sort.)

SCÈNE V.

DON JUAN, seul.

La dégradation... l'échafaud... Que je meure
Autrement, j'y consens. — Vouloir me marier...
Diégarias, c'est un beau nom d'aventurier,
Voilà tout. — Et l'on veut, moi grand d'Espagne
           [et comte,
Que je m'oublie au point de boire cette honte?
Non, sur mon honneur, non. — Cependant si le
            [roi...
Oser me dégrader!... — Il le ferait, je crois,
Je ne l'ai jamais vu nous parler de la sorte. —
Le singulier roman! — Je céderai. — N'importe;
Ah! celui qui pourrait me tirer de ce pas,
Je lui consacrerais ma fortune et mon bras.

(Depuis un moment un homme, la tête recouverte d'un
capuchon, est entré. — Il est entouré du connétable,
et d'une foule de seigneurs. — Aux dernières paroles
de don Juan, il fait un pas vers lui et rejette son capuchon. — C'est Abul-Bekri.

ABUL-BEKRI.

Il ne m'en faut pas tant.

SCÈNE VI.

DON JUAN, ABUL-BEKRI, LES SEIGNEURS.

DON JUAN, se retournant.

Qu'as-tu dit?

ABUL-BEKRI.

Je viens, comte,
Pour te sauver.

DON JUAN, lui prenant la main.

Oh! sois béni.

ABUL-BEKRI.

Ton âme est prompte.
Sais-tu que cette main que tu presses si fort,
S'était armée hier pour te donner la mort?

(Don Juan laisse retomber sa main.)

Je vois que tu comprends; à une heure suprême,
Si je sauve un chrétien, ce n'est pas que je l'aime.

(S'appuyant sur un fauteuil.)

J'ai lutté jusqu'au bout contre le sort des miens. —
Dérision!... Folie!...

(Avec irritation.)

Avoir mis tous ses soins
Durant trente ans entiers, ô pensée importune!

A guetter les instans de faire sa fortune
Quand ce moment arrive, eh bien! il est trop tard,
Oui, trop tard... Un bon coup d'épée ou de poi-
            [gnard...
Oh! dussé-je rouler au fond de la géhenne,
Le traître sentira les effets de ma haine!...

DON JUAN.

Quel projet, quel espoir conduit ici tes pas?

ABUL-BEKRI.

Je viens pour me venger.

DON JUAN.

De qui?

ABUL-BEKRI.

Diégarias.

DON JUAN.

Que t'a-t-il fait?

ABUL-BEKRI, montrant sa poitrine ensanglantée.

Regarde.

(Mouvement de don Juan; il le retient par la main.)

Écoute.

(Il s'assoit. — Il parle avec peine.)

O destinée!—
C'était écrit. — Après une lutte obstinée,
Son valet... me crut mort... et partit.

(Portant la main à sa poitrine.)

Ciel!

(Continuant.)

Alors...
La main sur ma blessure... unissant mes efforts...
Je me traînai sans bruit... comme un serpent. —
           [La rage...
M'animait. — Votre barque était près du rivage...
Je m'y jetai... — Bientôt le courant m'entraîna. —
Je voulais voir le roi... venant de Triana...
L'alcade m'aperçut... Me voilà.

(Il s'affaisse sur lui-même.)

DON JUAN.

Dieu!

ABUL-BEKRI, reprenant des forces.

Mon heure
Semble approcher... Allah ne veut pas que je
           [meure
Avant que vous sachiez ce qui m'amène ici.

DON JUAN.

Explique-toi... Voyons.

ABUL-BEKRI.

Oh!

DON JUAN.

Tu doutes?...

ABUL-BEKRI.

Voici.

(Au moment où il va parler, un page entre.)

LE PAGE, criant.

Le roi!

(Le roi entre, suivi de don Gaston, qui reste dans le
fond. — Les seigneurs dérobent Abul-Bekri aux
regards.)

SCÈNE VII.

LES MÊMES, LE ROI.

LE ROI, à don Juan.

Votre réponse? — Eh bien?...

DON JUAN, à part.

Que dois-je dire?

LE ROI.

Vous ne répondez pas, j'attends.

DON JUAN.

J'accepte, sire.

LE ROI, à don Juan.

La fiancée.

(Le roi appose son sceau sur un parchemin.)

ABUL-BÉKRI, à don Juan.

Écoute... écoute, maintenant. —

(Il lui parle bas. — Inès entre, suivie de son père et
des dames de la cour. — Gaëtan et l'archevêque entrent avec elle.)

LE ROI, allant au devant d'elle et lui prenant la main
avec respect.

Relevez ce front pur et digne d'un infant... —
Venez.

SCÈNE VIII.

LES MÊMES, DIÉGARIAS.

DIÉGARIAS, bas au roi.

Sire, merci! —

(Bas à Inès.)

Cachez votre tristesse.

ABUL-BÉKRI, à part.

Je vais donc me venger.

DON GAËTAN, au roi, en lui montrant le contrat,
qui est sur la table.

Tout est prêt, Votre Altesse.

LE ROI.

Fort bien. —

(Remettant à Inès le parchemin.)

Votre présent de noces.

INÈS.

Monseigneur...

LE ROI.

Jusqu'au bout je vous veux assurer le bonheur. —
Le comte peut un jour fatiguer ma clémence;
Vous aurez dans les mains, Inès, sa délivrance.

INÈS, prenant le parchemin et remerciant.

Sire. —

(Pendant que le roi signe un contrat, elle l'ouvre. —
A part.)

Un blanc-seing.

LE ROI, à l'archevêque, après avoir signé.

A vous.

(L'archevêque signe. — A don Juan.)

A votre tour.

DON JUAN, s'avançant.

Ce n'est pas pour braver le roi devant sa cour,
Mais je ne puis signer.

DIÉGARIAS, à part.

Dans ce dernier outrage,
Il a voulu, l'infâme, épuiser mon courage.

LE ROI.

Vous ne pouvez, monsieur?

DON JUAN.

Non, sire.

LE ROI.

La raison?

DON JUAN.

C'est qu'il me faut garder l'honneur de ma maison;
C'est que je suis chrétien et dois sauver mon
[âme:
C'est que je ne veux pas d'une juive pour femme.

INÈS, à part.

Ciel!

DIÉGARIAS.

Qu'entends-je?

LE ROI.

Une juive?

DON JUAN.

Ou du moins, monseigneur,
La fille de Jacob Éliacin.

DIÉGARIAS, à part.

Malheur!

LE ROI, à Diégarias.

Vous ne répondez pas?

(Silence de Diégarias)

DON JUAN.

Que peut-il vous répondre?
Sinon que d'un seul mot je viens de le confondre,
Sinon qu'il fut, seigneur, dans un de nos palais,
Publiquement fouetté par deux de nos valets.

DIÉGARIAS, portant la main à son poignard,

Oh!

(Se contenant.)

Qui t'a dit cela? Réponds, réponds-moi, comte?
C'est du sang, vois-tu bien, qu'il faut pour cette
[honte. —
Son nom... je veux savoir son nom:... Parle.

ABUL-BÉKRI, écartant les seigneurs.

C'est moi.

DIÉGARIAS, reculant.

O ciel! Abul-Békri!

ABUL-BÉKRI.

Je comprends ton effroi,
Traître. — Spectre vengeur, je reviens de la tombe
Pour fouler sous mes pieds la puissance qui
[tombe. —
Allons, lève les yeux. — Aurais-tu peur, vieillard.
Qu'on te montre la place où frappa le poi-
(Aux assistans.)　　　[gnard?... —
Tout ce qu'on vous a dit, c'est la vérité pure;

A l'heure de la mort, on ne ment point, je jure.
Qu'il ose en faire autant maintenant.
    (A Diégarias, avec une ironie insultante.)
                          L'oses-tu?
Toi dont le cœur sincère est tout à la vertu.
        DIÉGARIAS, au roi.   [trône,
Eh quoi! c'est devant vous, au pied de votre
Au sein de l'Alcazar, devant votre couronne,
Dont seul j'ai rehaussé la gloire et la splendeur,
Qu'un impudent valet m'insulte, monsei-
                          [gneur!... —
Quoi! malgré ma vertu hautement proclamée,
Malgré mon dévouement, malgré ma renommée,
Malgré ce que j'ai fait pour vous depuis douze
Mes services passés, mes services présens,   [ans,
Mon abnégation aux soins de votre empire,
Mon sang versé vingt fois pour votre cause, sire,
Quoi! malgré tout cela, quand on me frappe au
                          [cœur,
Vous détournez les yeux, vous vous taisez, sei-
                          [gneur?...
C'est fort bien. — Comme vous je me résigne, sire.
Cependant il me reste une chose à vous dire:
Ce valet a dit vrai: je suis un juif.
        (Mouvement de joie d'Abul-Bekri.)
        INÈS, à part.
                Hélas!
        LE ROI.
Ainsi vous nous avez trompé, Diégarias?
        DIÉGARIAS.
Ne me condamnez pas, sire, avant de m'entendre,
Je dois avoir, au moins, le droit de me défendre.
        L'INQUISITEUR, au roi.
Seigneur, souvenez-vous que vous êtes chrétien,
Et que le Christ en vous doit trouver un soutien.
        DIÉGARIAS, continuant.
Sire, je dirai donc...
        L'INQUISITEUR, l'interrompant.
                Arrière, arrière infâme!...
Ton souffle tacherait et flétrirait notre âme. —
        (Levant les mains au ciel.)   [tes mains,
Grand Dieu! toi qui vois tout, toi qui tiens dans
L'avenir des états, le destin des humains,
Dont on doit redouter la justice suprême.
Comment as-tu laissé, comme un vivant blasphème,
Ce misérable juif abriter sans effroi,
Sa sombre impiété sous le manteau d'un roi?...
        (A Diégarias.)
Avec son crime, enfin, le voilà face à face:
Tremble! tu vas payer ta sacrilège audace.
        INÈS.
Juste ciel!
        L'INQUISITEUR, continuant.
                Sous un nom qui ne fut pas le tien,
Juif, tu ne feindras plus le culte d'un chrétien...
Sois maudit!
        INÈS, se jetant aux pieds de l'inquisiteur, les mains
                jointes, les larmes aux yeux.
        Non. — Pourquoi cette horrible sentence?...

Du Dieu dont vous parlez imitez la clémence.
Monseigneur... oubliez votre juste courroux...
Ne nous accablez pas... ayez pitié de nous...
Grâce! ma destinée est unie à la sienne...
Grâce! mon père est juif, mais moi, je suis chré-
Vous ne répondez pas... c'est mon père. [tienne...
        L'INQUISITEUR.
                        J'ai dit.
        DIÉGARIAS, à Inès, en lui prenant la main.
                        [elle.
Sois courageuse, enfant... — Je suis juif et mon-
Je dois donc à moi seul porter ma destinée. —
Dieu l'a voulu. — Je sens, dans mon âme obstinée,
Assez de force encor pour ce nouveau malheur. —
Il faut nous séparer. — Suis les lois de son cœur,
Chrétienne, et laisse-moi.
        INÈS.
        Vous quitter? — vous? — mon père!...
Ne parlez pas ainsi. — Dieu n'a point de colère
Pour l'enfant qui remplit jusqu'au bout son de-
                        [voir. —
Partons, je veux ma part de votre désespoir.
        DIÉGARIAS, la prenant dans ses bras.
Ma fille!
        INÈS.
        Éloignons-nous.
(Au moment de sortir, Diégarias s'arrête; ne pouvant
    dominer son émotion, il s'élance aux genoux du roi
    qui est assis, plongé dans ses réflexions.)
        DIÉGARIAS, se traînant aux genoux du roi.
                Monseigneur, grâce... grâce!...
Oh! l'honneur de ma fille... oh! l'honneur de ma
                        [race...
Elle est chrétienne, sire. — Oh! ne me fuyez pas...
Mes larmes trahiraient la trace de vos pas...
Sauvez-la... sauvez-la...
        (Dans son désordre, il a pris la main du roi.)
        LE ROI, retirant sa main.
        Laissez-moi.
        DIÉGARIAS.
                Sire... Altesse...
Vous serez vieux un jour, pitié de ma vieillesse...
Au nom de votre père... au nom de votre Dieu...
Au nom de votre cœur attendri en ce lieu,
Grâce!
        LE ROI.
Je ne puis rien.
        DIÉGARIAS.
        Sire... —
        LE ROI.
                Levez-vous.
        DIÉGARIAS.
                      Sire... —
        LE ROI.
Levez-vous.
(Diégarias obéit, mais il supplie encore du geste.
    — Avec impatience.)
        Qu'est-ce encor?
        DIÉGARIAS, avec une résignation sombre.
                Je n'ai plus rien à dire.

ABUL-BERRI, *qui a suivi les débats avec une joie
    croissante, retombe dans le fauteuil.*

Enfin ? —
(Il meurt. Diégarias est entouré de plusieurs seigneurs.)

LE CONNÉTABLE, *à Diégarias.*

    En te taisant tu fais ce que tu dois; [lois,
Mais nous, qu'un sort contraire avait mis sous tes
Nous, chrétiens dont, sans honte et sans pudeur
                                    [aucune,
Par des marques d'honneur tu flattais la fortune,
Nous avons à te dire, et cela hautement, [ment.
Que tes marques d'honneur souillent dès ce mo-
Donc, moi, Jean de Baza, duc et baron dell' Torres
A qui, pour avoir pris Baëna sur les Mores,
Cahir, Archidona, Gibraltar, Marbella,
Tu crus devoir donner cette arme que voilà,
Je la brise à tes pieds d'une main prompte et sûre,
Car les présents d'un juif sont une flétrissure.
        (Il jette son épée à ses pieds.)

UN SEIGNEUR.

Pour avoir vaillamment défendu Zahara,
Tu m'as donné la croix verte d'Alcantara ;
Je ne veux rien avoir de toi, vieillard immonde,
Dont la race a vendu le Rédempteur du monde.
*(Il jette son collier à ses pieds. — Diégarias, qui est
    resté immobile et muet sous l'affront, marche len-
    tement vers don Sanche. Celui-ci est à l'extrémité
    opposée.)*

DIÉGARIAS, *à don Sanche, avec un mélange de dé
    dain, de mépris et d'ironie.*

Don Sanche d'Alcora, je t'ai fait chevalier,
De mes mains j'ai choisi le glaive et le collier,
Je t'ai mis à la cour et t'ai fait grand d'Espagne ;
Je t'ai donné châteaux et fiefs dans la campagne ;
Tout cela pour avoir, toi jeune et sans effroi,
Dans un jour de combat sauvé la vie au roi...
Tu ne peux, vois-tu bien, rester dans le silence...
Parle... de mes bienfaits j'attends la récompense.

DON SANCHE, *bas.*

Dans trois jours, au plus tard, un vieillard, en
                            [mon nom,
Ira se présenter au seuil de ta maison ;
Il te dira : Viens-tu? c'est Lopez qu'on me nomme.
Si tu veux te venger, tu peux suivre cet homme.

DIÉGARIAS, *bas.*

Où ?

DON SANCHE, *de même.*

Chez moi.

DIÉGARIAS, *de même.*

        Vous avez pitié d'un malheureux.
    (Prenant la main de sa fille et s'éloignant.)
Au lieu d'une vengeance, allons, j'en aurai deux.

ACTE QUATRIÈME.

Un appartement chez Diégarias. — Tout est sombre et sévère. — Portes au fond. — Il fait nuit. — Une fenêtre
à droite. — Une lampe à gauche.

SCÈNE I.

*(Inès est en scène ; elle est profondément absorbée.
    Pérès entre.)*

INÈS, PÉRÈS.

    PÉRÈS, *regardant Inès.*

Pauvre femme!
    (Allant à elle.)
        Aussitôt le retour de mon maître,
Madame, voulez-vous lui donner cette lettre;
On vient de l'apporter en toute hâte ici. —

INÈS.

Quel en est le porteur ?

PÉRÈS, *la lui donnant.*

        Un mendiant. — Voici. —

INÈS.

La nouvelle d'hier s'est-elle confirmée?

PÉRÈS.

Oui, les grands, appuyés d'une assez forte armée,
Ont proclamé, jurant sur l'épée et la croix,
Que Henri quatre était déchu de tous ses droits.
De plus, selon leurs vœux, l'archevêque et le nonce,
Comme roi de Castille, ont élu don Alphonse.
Tout cela s'est passé sous les murs d'Avila.

INÈS.

Que dit-on dans le peuple à propos de cela?

PÉRÈS.

Rien. — Voici monseigneur. —
*(Diégarias entre. — Il est pâle et brisé. — Il jette son
    manteau et son chapeau sur un fauteuil, avec acca-
    blement. — Pérès sort.)*

SCÈNE II.

DIÉGARIAS, INÈS, puis PÉRÈS

    INÈS, *à part.*
        Quel air sombre et sévère.
    (Haut.)
                [père. —
Vous êtes loin de nous long-temps resté, mon

DIÉGARIAS, avec une tristesse profonde.
Je ne saurais te dire où mes pas m'ont conduit. —
J'avais le front brûlant... — La fraîcheur de la
Le calme... — Je marchais. —   [nuit...—
(Pause.)
                    Qu'est-ce que cette lettre?
INÈS.
A Perès, à l'instant, on vient de la remettre.
DIÉGARIAS, lisant la lettre.
« Dans une heure un ami, dont vous tenez le sort,
» Vous viendra demander ou la vie, ou la mort. »
(Jetant le billet sur la table.)
Un ami! —
(S'asseyant; — comme se parlant à lui-même.)
          Mon cœur saigne à chaque heure qui sonne. —
Les trois jours sont passés, et je n'ai vu personne.—
O profond changement que la douleur produit !...
O révolution qui transforme et détruit !... —
Je cherche vainement, dans mes vertus passées,
Quelque aspiration vers de douces pensées,
Quelque chose de pur qui puisse, en ma douleur,
En me parlant de Dieu, cicatriser mon cœur... —
Je ne retrouve en moi, de vivant, que ma haine. —
(Pause.)
Sombre réalité qui m'oppresse et m'enchaîne,
Quel destin m'as-tu fait ?... — Est-ce possible ?...
                                        [— Eh quoi!
Dans ces instans de deuil, d'épouvante, d'effroi,
Quand on est assiégé par la guerre civile,
Quand l'émeute fermente au cœur de chaque ville,
Quand le roi d'Aragon, dont la main est partout,
En Castille se fait un parti qui peut tout ;
Quand Grenade est debout, dans sa haine fatale,
Toute prête à marcher droit à la capitale ;
Quand chacun, fatigué de sa condition,
Cherche des jours meilleurs dans l'insurrection,
Moi seul, emprisonné dans ma rage impuissante,
Moi, juif, qui porte au front la marque avilissante,
Hué, chassé, rayé de la société,
Je vis avec ma honte et dans ma nullité !... —
INÈS.
Mon père...
DIÉGARIAS, à Inès.
          Ce matin, si j'ai bonne mémoire,
A propos des grands noms que nous lègue l'histoire
Tu parlais de pays... — Folle, est-ce que tu crois
Que la patrie existe où l'on n'a point de droits? ..—
Que demain, oui, demain, réduit enfin à craindre,
Abaissant mon orgueil assez bas pour me plaindre,
J'aille trouver ce roi, ce monarque chrétien,
Dont je fus si long-temps la force et le soutien;
Mains jointes, à genoux, tremblant, que je lui
                                        [crie :
« Mes biens sont menacés, on en veut à ma vie.
» Accordez-moi, seigneur, aide et protection. »
Qu'en résulterait-il ?... Avec dérision,
L'on chasserait ce juif qu'un fol orgueil enivre,
Qui ne voit pas pour lui que c'est assez de vivre,

Et qui, sujet sans titre et citoyen sans droits,
Ose invoquer tout haut la justice des lois. —
INÈS.
Vous êtes des ingrats, oubliez-les.
(Moment de silence. — Diégarias passe sa main sur
son front comme pour chasser ses pensées. — A
Perès, qui est dans la galerie du fond, il fait signe
d'approcher. —
DIÉGARIAS, à Perès.
                    Un homme
Viendra dans un moment ; laisse entrer.
PERÈS.
                              Il se nomme?
DIÉGARIAS.
Je ne sais, va. —
                    (Perès sort.)

SCÈNE III.

INÈS, DIÉGARIAS.

INÈS, à Diégarias.
          Cet homme, êtes-vous sûr de lui?
DIÉGARIAS, avec indifférence.
Il se dit mon ami.
INÈS.
                    Que veut-il?
DIÉGARIAS.
                              Mon appui.
INÈS.
Son billet, cependant, n'a point de signature...
Je crois même qu'on a déguisé l'écriture.
DIÉGARIAS.
Eh bien!
INÈS.
          Sur un vieillard on ose tout tenter.
DIÉGARIAS.
Un homme qui supplie est-il à redouter?
INÈS.   [traître.
Qui vous dit, monseigneur, que ce n'est point un
Un ennemi caché qui vous cherche, peut-être,
Et qui, pour pénétrer jusqu'en votre maison,
S'est servi de la ruse et de la trahison?
DIÉGARIAS.
Dans quel but voudrait-on attenter à ma vie?...
Ai-je un nom... ai-je un rang qui tente ou qu'on
                                        [envie?...
Suis-je un de ces mortels qui portent sur leur
                                        [front,
Trois cents ans de grandeur sous un seul jour
INÈS.   [d'affront?...
Soyez prudent, mon père.
DIÉGARIAS, retombant dans sa rêverie.
                    O destinée étrange!...
Aujourd'hui dans la pourpre et demain dans la
                                        [fange!.. —

Ils m'ont chassé! — L'état, chargé d'ambitions,
Sans avenir, en proie aux basses factions,
Dont chaque heure perdue accélérait la chute,
L'état se débattait dans sa dernière lutte.
Le désordre partout. On pillait le trésor.
On eût vendu le roi pour quelques pièces d'or.
Dieu m'inspira! Devant l'empire à l'agonie,
Le juif obscur fit place à l'homme de génie;
Et, comme le coursier qui reprend son chemin,
L'empire se dressant sous ma puissante main,
Dans ses robustes flancs sentit son énergie
Et sa virilité renaître avec la vie...
Ils m'ont chassé?...

INÈS.
Mon Dieu!
DIÉGARIAS, continuant.
J'étais fort... je luttais...
Je tenais l'avenir... Insensé que j'étais! —
J'avais pourtant compris bien largement ma tâche;
Vers un grand résultat je marchais sans relâche.
Je voulais, reliant petits et grands états,
Principautés, duchés, comtés et marquisats,
Je voulais faire un jour de ce coin de l'Espagne
Un empire assez grand pour tenir Charlemagne...
Ils m'ont chassé!...

INÈS.
Mon Dieu! que n'ai-je le pouvoir
D'acheter de mon sang ce profond désespoir!
DIÉGARIAS, lui pressant la main.
Ma fille...

INÈS.
Pouvez-vous me nommer votre fille?... —
Ai-je encor quelques droits d'avoir une famille,
Moi, l'indigne soutien de vos pas chancelants,
Et dont le souffle impur souille vos cheveux
DIÉGARIAS. [blancs?... —
Viens dans mes bras, enfant... ce sont les bras
[d'un père...
Viens! viens! — Quoique mon cœur saigne et se
[désespère,
Mes reproches, jamais, ne te feront rougir;
Ta faute disparaît devant ton repentir. —
Voyons, lève les yeux... je te pardonne et t'aime.
(Il l'embrasse. — Pause. — Perés entre.)

SCÈNE IV.

DIÉGARIAS, INÈS, PERÉS.

PERÉS.
L'inconnu, monseigneur, arrive à l'instant même.
Un ami l'accompagne; ils sont masqués tous deux.
DIÉGARIAS, étonné.
Masqués?
PERÉS.
Oui.

DIÉGARIAS. [lieux... —
Se masquer pour se rendre en ces
Pourquoi tant de mystère et cette défiance,
Dans un homme qui vient demander assistance? —
PERÉS.
C'est qu'il est telles gens si haut placés, seigneur,
Qu'ils ne peuvent montrer au grand jour leur
DIÉGARIAS. [malheur.
Perés, que nous dis-tu?
PERÉS.
Ce que j'ai cru voir, maître
DIÉGARIAS, vivement, à voix basse.
Explique-toi.
PERÉS, de même.
Mes yeux m'ont abusé, peut-être;
Cependant, s'il fallait en jurer, sur ma foi,
Maître, je jurerais que cet homme est le roi.
DIÉGARIAS. [l'homme!...
Le roi... qui sur son front sent pencher la cou
Qui ne verrait qu'en moi le salut de son trône!...—
Démons, prenez mon sang, mes jours, ma liberté,
Pour que ce rêve soit une réalité. —
(A Perés.)
Fais entrer, hâte-toi, le reste me regarde. —
(Perés sort. — A Inès.)
Laisse-nous.

INÈS.
Cependant...
DIÉGARIAS.
Ne crains rien.
(Inès sort. — Les deux hommes masqués entrent; l'un
reste dans le fond, l'autre s'avance vers Diégarias.)

SCÈNE V.

DIÉGARIAS, LES DEUX HOMMES MASQUÉS.

L'HOMME MASQUÉ, s'inclinant.
Dieu vous garde!
DIÉGARIAS, reconnaissant la voix, à part.
Je respire, c'est lui.
L'HOMME MASQUÉ, à part.
Pour cacher ma rougeur
Épaissis ton velours, ô masque protecteur!
Et vous, mes fiers aïeux, voilez-vous le visage,
Car je rabaisse en moi votre royale image. —
(Diégarias lui offre un siège; il refuse.)
Non, merci. — Vais-je encor trouver un ennemi?
(Après un moment de silence.)
Vous attendiez quelqu'un?
DIÉGARIAS.
J'attendais un ami.
(Moment de silence.)
L'HOMME MASQUÉ.
Je viens au nom du roi

DIÉGARIAS, *froidement.*
Je m'en doutais.
(Moment de silence.)
L'HOMME MASQUÉ.
Je gage...
Que vous avez aussi deviné le message..
DIÉGARIAS.
Jugez-en. — Votre maître a perdu tout espoir..
Il tremble de se voir arracher le pouvoir.—
Ce n'est pas sans raison. — D'un côté, chose rare,
Cadix, Valladolid, l'Aragon, la Navarre,
Salamanque, Olmedo, d'autres villes encor,
Soutiennent le parti des rebelles. — De l'or,
Ils en ont. —Une armée à peu près indomptable;
L'amiral, l'archevêque, enfin le connétable;
Ils ont tout.—Ajoutez à cela, d'autre part,
Le peuple épouvanté qui s'agite au hasard,
Grenade qui nous guette, et dont la haine est sûre,
Séville qui se plaint que son roi la procure...
Enfin, comme un torrent qui porte au loin la mort,
Des bandes de brigands, avides, sans remord,
Inondant cet état de leurs cohortes viles,
Qui vont pillant les bourgs et saccageant les villes.
L'HOMME MASQUÉ, *à part.*
Hélas!
DIÉGARIAS, *continuant.*
Je ne veux point assombrir les couleurs;
Mais, laissant de côté de réelles douleurs,
Détournant les regards de la pâle famine
Dont l'approche déjà nous assiége et nous mine;
Voyons, pour conjurer cet avenir d'effroi,
Quelles sont, répondez, les ressources du roi?...
Peut-il, quand il voudra, se remettre en campagne?
Non.—A-t-il de puissants alliés en Espagne?
Non.—Ses soldats sont-ils de ces hommes loyaux
Que l'honneur ou la gloire attache à leurs drapeaux?
Non.
L'HOMME MASQUÉ, *à part.*
Hélas!
DIÉGARIAS, *continuant.*
Je vois bien de braves capitaines,
Gens de condition et de races hautaines,
Mais dont on a si bien faussé la loyauté,
Que l'argent répond seul de leur fidélité.
L'HOMME MASQUÉ, *à part.*
Ah! ce n'est que trop vrai.
(Pause.)
DIÉGARIAS, *reprenant.*
Le nombre, la puissance,
Les probabilités, le succès et la chance,
La ferme volonté d'oser et de vouloir,
Ne sont pas, vous voyez, du côté du pouvoir.
Supposons, cependant, que demain une armée
Vienne nous attaquer dans Séville alarmée......
Pour ne pas s'épuiser en efforts superflus, [plus,
Que faudrait-il au roi?...—cinq mille hommes de
Six cents archers tout faits aux fatigues des tentes,
De l'argent pour payer les troupes mécontentes:
Enfin...

L'HOMME MASQUÉ.
Souvenez-vous de l'état du trésor.
Pour payer les soldats, il faut au moins de l'or.
DIÉGARIAS.   [homme
Beaucoup.—Aussi, monsieur, je ne connais qu'un
Qui puisse en ce moment disposer d'une somme;
C'est moi.—Vous veniez donc...
L'HOMME MASQUÉ, *vivement.*
Vous avez deviné.
DIÉGARIAS.
Vous voyez bien.
L'HOMME MASQUÉ, *à part.*
Par lui serai-je abandonné?—
(Haut.)
Quelle est votre réponse?
DIÉGARIAS.
Ainsi donc Son Altesse
A pu songer à moi quand chacun la délaisse;
Elle a pensé que moi, Jacob Eliacin,
Moi, le juif, je tenais son trône dans ma main?
L'HOMME MASQUÉ.
Telle fut sa pensée, et telle est sa croyance.—
DIÉGARIAS.
A-t-elle aussi pensé, qu'aigri par la souffrance,
Tout juif que l'on était, on pouvait, monseigneur,
Lui rendre pleurs pour pleurs, et malheur pour
L'HOMME MASQUÉ.   [malheur?
Elle a pensé, devant votre pays qui tombe,
Que le passé serait offert en hécatombe. —
DIÉGARIAS, *amèrement.*
Mon pays!...
L'HOMME MASQUÉ.
La Castille est notre mère à tous.
DIÉGARIAS.
Vous avouerez du moins, monseigneur, entre nous,
Que notre mère garde, en son âme hautaine,
Son amour pour les uns, pour les autres sa haine.
L'HOMME MASQUÉ.
Revenons, je vous prie, à notre question.
DIÉGARIAS.
J'accepte; mais j'y mets une condition.
L'HOMME MASQUÉ.
Vous pourriez imposer des lois à votre maître.
DIÉGARIAS.
Je vous semble déjà trop exigeant, peut-être?...—
Il n'est ici, d'ailleurs, ni maître, ni sujet:
Vous avez votre but, et moi j'ai mon projet. —
Son Altesse le roi tient prisonnier le comte;
Elle connaît son crime, et vous savez ma honte.
Si je peux tout pour elle, elle peut tout pour moi:
La tête de don Juan, ma fortune est au roi.
L'HOMME MASQUÉ.
Ce serait trafiquer du sang d'un gentilhomme.
DIÉGARIAS.
Non; ce serait, seigneur, venger un honnête homme;
Ce serait châtier, dans son impunité,
Un traître toujours prêt à quelque indignité.
L'HOMME MASQUÉ.
Cependant..

DIÉGARIAS
La vengeance est ma dernière joie.
Mon or vous est acquis, mais je veux cette proie.
L'HOMME MASQUÉ, à part
A quoi m'as-tu réduit, dure nécessité? —
Je frissonne. — O Castille !.. ô trône !.. ô royauté !...
Passion du pouvoir !... orgueil de la puissance !...
Qu'allez-vous exiger de mon obéissance ?... —
DIÉGARIAS.
Vous tenez l'avenir du roi dans votre main.
L'HOMME MASQUÉ.
Vous serez satisfait.
DIÉGARIAS.
Don Juan mourra ?
L'HOMME MASQUÉ.
Demain.
DIÉGARIAS.
C'est dit.
L'HOMME MASQUÉ.
Vous vous rendrez au palais dans une heure. —
(Bas à l'homme masqué du fond, en montrant Diégarias.)
Quant à vous, jusque-là, veillez sur sa demeure. —
(Il sort. — Le second homme masqué pousse les
    verrous, puis il se vient poser en face de Dié-
    garias.)
LE SECOND HOMME MASQUÉ, ôtant son masque.
De ce qui s'est passé je vous fais compliment.
DIÉGARIAS.
Don Sanche ! —

ᴐᴑᴏᴐᴑᴏᴐᴑᴏᴐᴑᴏᴐᴑᴏᴐᴑᴏᴐᴑᴏᴐᴑᴏᴐᴑᴏᴐᴑᴏᴐᴑᴏᴐᴑᴏ

SCÈNE VI.

DIÉGARIAS, DON SANCHE.

DON SANCHE.
Vous avez tout conduit sagement. —
Ce n'est pas un projet trop mauvais que le vôtre :
Pour vous venger de l'un, vous pardonnez à l'au-
[tre.
DIÉGARIAS, froidement.
Vous avez mal choisi le moment de railler ;
Quand vous saurez mon plan, vous pourrez en
DON SANCHE.   [parler.
Quoi donc?
DIÉGARIAS.
Nous n'avons pas, comme les gens frivoles,
De temps à dépenser en de vaines paroles. —
Vous n'êtes pas venu tantôt au rendez-vous ;
Vous voilà, maintenant, puis-je compter sur vous?
DON SANCHE.
C'est selon.
DIÉGARIAS, avec un sourire amer.
Je comprends : service pour service ?
DON SANCHE.
Vous vous en étonnez?
DIÉGARIAS.

DIÉGARIAS.
C'est de toute justice. —
Quand les proches parens ne donnent rien pour
[rien,
Le fait serait étrange entre juif et chrétien. —
Expliquez-vous. —
DON SANCHE.
Voici. — Pour soulever Séville.
Nous serons appuyés des bourgeois de la ville ;
Le mécontentement du peuple et des soldats
Nous répond, au besoin, du secours de leurs bras :
Cependant...
DIÉGARIAS.
Cependant?
DON SANCHE.
Au succès de l'affaire.
L'alcade don Gusman nous semble nécessaire. —
DIÉGARIAS.
Combien s'estime-t-il?
DON SANCHE.
Trois cent mille ducats.
DIÉGARIAS.
Il faut les lui compter.
DON SANCHE.
Nous ne les avons pas.
DIÉGARIAS.
Vous les aurez, — pourvu, comme un cri d'ana-
Que la sédition éclate demain même. —   [thème,
DON SANCHE.
Tout est prêt.
DIÉGARIAS, avec une exaltation croissante.
Que vos plans soient ou non assurés,
Vous pouvez me compter parmi les conjurés... —
Oui, d'aujourd'hui j'en prends l'engagement sin-
[cère :
Devant Dieu qui me voit et m'entend, Dieu le
[père,
Devant toi, nuit lugubre, et toi, pâle clarté,
Et vous, astres roulans dans votre immensité.
Je vous prends à témoin, — dussé-je sur ma tête
Voir tomber en éclats la foudre et la tempête ;
Dussé-je être vivant broyé par un lion,
Me vouant tout entier à l'insurrection,
Je jure que ce roi que la révolte enchaîne,
En moi ne trouvera que vengeance et que haine !
(A don Sanche.)
Ma place est au palais, maintenant, non ici.
DON SANCHE.
Quel est ton projet?
DIÉGARIAS.
Viens
DON SANCHE.
Peux-tu parler ainsi,
Quand tu sais, le livrant aux mains de Son Al-
[tesse.
Que ta tête, ô vieillard, répond de ta promesse?
DIÉGARIAS.
Je ne sais rien, sinon que les jours sont pesans
Quand la honte s'allie avec les cheveux blancs.

DON SANCHE.
La mort l'attend là-bas, songez-y.
DIÉGARIAS, avec une force croissante.
          Que m'importe! —
Qu'avez eux s'il le faut ma vengeance m'emporte!
Que l'offenseur enfin tombe avec l'outragé;
Soit! je mourrai content; je me serai vengé! —
          (Inès entre.)

SCÈNE VII.

INÈS, DIÉGARIAS, DON SANCHE,
dans le fond.

INÈS, à Diégarias.
Un envoyé du roi vous demande, mon père.
DIÉGARIAS, se retournant.
Ah! c'est toi, mon enfant...
          (L'attirant à lui.)
— Sois heureuse... sois fière... —
Nous avons eu des jours d'opprobre et de douleurs;
Mais nous aurons du sang pour effacer nos pleurs...
Ce n'est pas, crois-le bien, une vaine espérance,—
Tu peux lever le front, je marche à la vengeance.
J'y marche, mais non pas par de douteux chemins;
Je les tiens tous les deux dans mes terribles mains.
INÈS.
Tous les deux...
DIÉGARIAS.
          Est-ce trop pour payer notre honte?
INÈS.
Tous les deux?... Mais qui donc?
DIÉGARIAS.
          Son Altesse et le comte.
INÈS, s'appuyant pour ne pas tomber.
Le comte?
DIÉGARIAS, sans s'en apercevoir d'abord.
          En ce moment, on dresse l'échafaud...—
Comme moi, n'est-ce pas, qu'il tombera de haut?,
N'est-ce pas?...—Tu pâlis!—qu'as-tu donc?
INÈS, dans le plus grand désordre.
          —J'ai, mon père,
Que sur moi doit enfin tomber votre colère...—
Dans le premier moment, toute à mon désespoir...
Le cœur brisé... meurtri... c'est vrai, j'ai pu vou.
          [loir...

J'ai pu vous demander... Mais une âme en mar-
Pire-t-elle les mots que la douleur inspire?... [tyre,
J'ai pu vous demander, tant je souffrais, seigneur,
Qu'avec le sang du comte on lavât mon honneur...
Mais vous deviez bien voir que j'étais insensée...
Je vous ai dit ce qui venait à ma pensée.   [bien
Voilà tout. — Écoutez... — Mon Dieu, vous savez
Que dans le désespoir on n'examine rien... —
Cet homme dont l'amour flétrit et déshonore...
Dont je voulais la mort, eh bien! je l'aime encore.
          (Se jetant à ses pieds.)
Mon père, un dernier mot... je m'attache à vos pas...
Grâce, grâce pour lui,...—non, ne le tuez pas!—
Non, c'est au nom du ciel que je vous le demande.
Je ne puis le haïr.—Mon orgueil le commande,
Mais mon cœur s'y refuse. — Oh! vous ne saurez
          [point
Jusqu'où l'on peut pousser la folie en ce point.—
J'aurais dû le haïr, c'est vrai...—c'est un infâme...
Il a pris pour jouet l'avenir d'une femme. —
C'est un lâche; il s'est fait un jeu de mon honneur...
Mon Dieu, que voulez-vous, je l'aime, monsei-
          [gneur.
DIÉGARIAS, domptant son émotion.
C'est un malheur de plus. —
          (Il s'éloigne.)
INÈS, les bras tendus.
          Mon père!...—
          (Retombant sur elle-même.)
          Ah!

SCÈNE VIII.

INÈS, seule, revenant à elle.
          Que je souffre! —
L'échafaud...—Le pouvoir suspendu sur un gouffre,
Et ne pouvoir rien faire.—Ayez pitié de moi,
Mon Dieu!
          (Apercevant un parchemin qui, dans son désordre, est
          tombé de son sein.)
Qu'est-ce ceci?
          (Le prenant.)
          C'est le blanc-seing du roi! —
Mon cœur, tu peux encor t'ouvrir à l'espérance.
          (Après avoir écrit quelques mots sur le parchemin.)
Non, il ne mourra pas; je tiens sa délivrance! —

FIN DU QUATRIÈME ACTE.

ACTE CINQUIÈME.

Une prison à demi éclairée. — Une grande porte au fond. — Une petite porte à gauche. — À droite, une fenêtre avec des barreaux de fer.

SCÈNE I.

(Don Juan est à demi couché sur un banc. — Le geôlier est appuyé sur un des côtés de la porte du fond.)

DON JUAN, LE GEOLIER.

LE GEOLIER.

DON JUAN.

Le roi peut se flatter d'avoir, dans son palais,
Une prison bien sombre et des gardes bien laids. —
(S'arrangeant pour dormir.)
Le sommeil, c'est l'oubli; dormons. —
(On entend de grands coups de marteau.)
                    Bon! — A merveille!
Ils n'en finiront pas. — C'est à rompre l'oreille. —
(Se mettant sur son séant; au geôlier.)
Que diable font-ils là?

LE GEOLIER.
                    Rien.

DON JUAN.
                        Mauvaise raison. —
Regarde un peu, c'est dans la cour de la prison. —
(Le geôlier ne bouge pas. Avec vivacité.)
Toi, notre ancien valet, tu devrais me connaître;
Ce que je veux, je veux.

LE GEOLIER, tristement.
                    Voyez vous-même, maître.

DON JUAN.

C'est juste.
                (Il va regarder par la fenêtre.)
Un échafaud! —
                (Au geôlier, après un moment de silence.)
                    C'est donc pour aujourd'hui?

LE GEOLIER, à part.

Hélas! —

DON JUAN.

Réponds, Pietro. —

LE GEOLIER.
                    Dieu seul est votre appui.

DON JUAN, après un moment de silence, en montrant l'échafaud.

Le roi m'a voulu faire une galanterie... —
Tout neuf. —
                (Nouveau silence.)
On passera?

LE GEOLIER.
                    Par cette galerie.

DON JUAN.

L'heure?

LE GEOLIER.

Huit heures.

DON JUAN.
                    Bien. Laisse-nous. —
(Le geôlier sort. — Sept heures sonnent; don Juan,
après avoir compté:)
                    J'ai du temps.

SCÈNE II.

DON JUAN, seul, s'asseyant.

Mourir sur l'échafaud... — Qui l'eût dit? — à
                        [trente ans! —
Qu'ai-je fait de la vie? — Au moment d'aller
                        [rendre
Mes comptes à Satan, je ne puis me défendre
Du souvenir d'Inés qui me brûle le cœur... —
Candide et pure enfant dont j'ai fait le malheur. —
(Il reste abîmé dans ses réflexions. — La porte du
fond s'ouvre; le geôlier entre avec une femme voi-
lée, qui est suivie par Pérès.)

SCÈNE III.

LE GEOLIER, INÉS, DON JUAN, PÉRÈS.

LE GEOLIER, à la femme voilée.

Entrez, madame, entrez, c'est Dieu qui vous en-
                        [voie. —
(La femme retire son voile, c'est Inés. — Elle fait
signe à Pérès d'attendre. — Le geôlier courant à
don Juan.)
Je tiens votre pardon, renaissez à la joie.

DON JUAN, sortant de sa rêverie.

Que dis-tu? mon pardon?

LE GEOLIER, lui montrant le parchemin.
                    Accordé par le roi. —
Son seing vous est connu tout aussi bien qu'à moi.
(Il lui remet le parchemin, en lui montrant l'endroit
de la signature.)

INÉS, s'avançant.

Oui, Son Altesse a fait ce que n'eût fait personne;
Oui, monseigneur le comte, oui, le roi vous par-
                        [donne.

DON JUAN, se redressant.

Ciel !

INÈS, continuant.

Mais en pardonnant, comte, vos attentats,
Le roi veut qu'à l'instant vous quittiez ses états. —

DON JUAN, pénétré. [dame ?

C'est vous qui me sauvez ! — Est-il bien vrai, ma-
Est-il vrai ? — Le passé... Vous avez pu... Votre
[âme...
Ce serait là le prix de mon lâche abandon ?... —

INÈS.

Monseigneur...

DON JUAN, se mettant à genoux.

Grâce !... grâce !... Inès. — Votre pardon.

INÈS.

Relevez-vous.

DON JUAN, suppliant.

Madame... —
(Sur un geste d'Inès, il se relève.)
Ah ! c'est vous, à cette heure,
Qui ne comprenez pas pourquoi je tremble et
[pleure. —
Ne voyez plus en moi l'indigne suborneur
Dont l'âme était fermée aux sentiments d'honneur...
Non, ne le faites pas... — C'est une étrange chose,
Tout mon être s'épure et se métamorphose. —
Devant tant de grandeur et tant de dévoûment,
Le parjure, madame, a fait place à l'amant.

INÈS.

Je ne me flattais pas d'une telle victoire ;
Les traits en resteront gravés dans ma mémoire.
Il m'est doux de penser que j'ai pu, monseigneur,
Reprendre d'un seul coup ma place en votre cœur.
Votre reconnaissance est cependant extrême ;
Faisant ce que j'ai fait, je n'ai vu que moi-même ;
Vous êtes devant Dieu mon légitime époux ;
J'ai tout fait par devoir et n'ai rien fait pour vous.

DON JUAN.

Si j'ose vous parler de mon amour, madame,
C'est que le repentir parle haut à mon âme ;
C'est que je suis tout prêt à l'expiation ;
C'est qu'après le forfait vient la punition. —
Je n'ai rien respecté dans ma coupable audace ;
Je ne veux ni ne dois accepter cette grâce.

INÈS.

Qu'entends-je ? —

DON JUAN.

Le passé m'impose cette loi.

INÈS.

Comte...

DON JUAN.

Vous vous étiez confiée à ma foi ;
Insolent sans remords et cruel sans relâche,
Je fus méchant et bas, je fus indigne et lâche... —
J'ai fait plus : j'ai jeté le déshonneur sur vous,
Lorsque je ne serais dû vous parler qu'à genoux. —
Vous pouvez l'oublier par un effort sublime ;
Moi, pour mon châtiment, je me souviens du crime ;
J'ai rompu nos liens d'amour et d'amitié ;
Je ne veux rien devoir, madame, à la pitié.

INÈS, très agitée.

Qui vous dit que ce soit la pitié qui m'anime ? —
Des pleurs que j'ai versés vous ai-je fait un
Tenez, si vous avez connu le repentir, [crime ?...
Si j'ai quelque pouvoir, hâtez-vous de partir... —
Nous touchons, voyez-vous, à quelque instant su-
[prême... —
Votre mari me tuerait, monseigneur... je vous

DON JUAN, contenant son émotion. [aime.

Je partirai.

INÈS, lui pressant la main.

Venez.

DON JUAN, avec un sentiment profond et vrai.

Je suis libre, est-ce pas ?
Hors de cette prison je puis porter mes pas ?
Vous ne demandez rien, je peux ne rien promettre,
Et garder sur mon front l'impudence du traître...
Je le peux d'autant plus que, pervers et cruel,
J'ai proclamé mon crime à la face du ciel ;
Cependant devant Dieu, devant la sainte image
Du christ que vous voyez, madame, je m'engage,
Que vous soyez ou non jetée par vos aïeux,
Si vous daignez jamais sur moi baisser les yeux,
Effaçant du passé ma souillure et ma honte,
À vous poser au front ma couronne de comte.

INÈS, l'entraînant sans l'écouter.

C'est bien... c'est bien... Venez !

INÈS, à don Juan.

Monseigneur, par ici.

DON JUAN, à Inès au moment de sortir.

Au revoir

INÈS.

Comte, adieu.
(Il lui baise la main avec émotion ; Inès l'entraîne.)

~~~~~~

SCÈNE IV.

INÈS, puis LE GEOLIER.

INÈS.

Merci, mon Dieu, merci. —
(Moment de silence, elle revient sur le devant de la
scène.) [porte...
Que j'aie ou non sauvé mon bourreau, que mon
Bientôt il sera libre et moi... je serai morte. —
Ce que j'ai fait demande une expiation...
Le châtiment sera digne de l'action. —
(Regardant un flacon qu'elle tient à la main.)
Du poison ! — Quelle mort pour une âme char-
[mante !...
Mais quelle destinée égale aussi la mienne ?... —
(Elle semble désolée par ces réflexions.)

LE GEOLIER, à Inès.

Il faut vous éloigner.

INÈS, rabaissant son voile.

Je vous suis. —
(Le geolier ouvre la porte. — Diégarias paraît dans la
galerie. — Inès se jette de côté.)
Dieu ! —
~~~~~~

SCÈNE V.

DIÉGARIAS, INÈS, LE GEOLIER.

DIÉGARIAS, au geolier.
                    Geolier.
Vous allez à l'instant livrer le prisonnier;
Voici l'ordre du roi; hâtez-vous, le temps presse.
LE GEOLIER.
Le comte est libre.
           DIÉGARIAS.
      Libre!... es-tu fou?
           LE GEOLIER.
                    Son Altesse
A fait grâce, tenez.
           (Il lui remet le parchemin.)
DIÉGARIAS, se baissant aux pieds, après y avoir jeté
              un coup d'œil.
           Mort et damnation!!
      (Lui mettant sous les yeux l'ordre du roi.)
Regarde bien... — voilà la condamnation. —
      (Avec une colère croissante.)
Tu t'es laissé tromper, tu l'as voulu peut-être,
Eh bien! c'est toi, geolier, qui paieras pour le
                          [traître.
     LE GEOLIER, ramassant le parchemin.
Mais voyez, monseigneur, c'est bien le seing du
     DIÉGARIAS, hors de lui.   [roi.
Le roi n'a rien signé.
           LE GEOLIER.
                Mais cependant j'y vois..
           DIÉGARIAS.
Je vous dis que le roi n'a pas signé de grâce.
LE GEOLIER, montrant Inès dont le voile est toujours
                      baissé.
La femme que voilà, tremblante à cette place,
Ne doit donc pas, seigneur, quitter cette prison,
Avant qu'on aille au roi dire sa trahison.
                (Il sort précipitamment.)

SCÈNE VI.

DIÉGARIAS, INÈS, voilée.

INÈS, à part.
Je me meurs, ô mon Dieu.
           DIÉGARIAS, la regardant.
           Quelle est donc cette femme?...
Quel horrible soupçon a traversé mon âme?—
Non, ce n'est pas Inès...— elle est près d'Alzala...
Moi-même, ce matin, je l'ai conduite là.—
      (À part à elle.)
Votre nom?
           INÈS, se jetant à ses pieds.
      C'est celui d'une fille coupable.

DIÉGARIAS, retenant son voile.
Oh!
           INÈS.
Je l'ai mérité, soyez inexorable.
     DIÉGARIAS, se contenant à peine.
Écoutez-moi d'abord...— Mais non, pas à genoux..
Je suis las de vous voir ainsi, relevez-vous. —
      (Il la relève brusquement. — Pause.)
Quel chemin a-t-il pris?
           INÈS.
           Mon père!...
           DIÉGARIAS.
                Pas de larmes...
Pas de cris superflus ou de vaines alarmes...
Descendez en vous-même et parlez franchement...
En un mot, choisissez du père ou de l'amant.
           INÈS.
Monseigneur...
           DIÉGARIAS.
           Hâtez-vous.
     INÈS, se tordant les mains.
           Suis-je assez malheureuse! —
      (À Diégarias.)
Ce que vous demandez est une chose affreuse.
           DIÉGARIAS.
Vous m'avez entendu; le comte ou mon mépris.
           INÈS.
Ayez pitié de moi?
           DIÉGARIAS.
           Quel chemin a-t-il pris?...
           INÈS.
Ce serait, songez-y, vous le livrer moi-même.
           DIÉGARIAS.
Nos maux viennent de lui...
           INÈS.
           Mais cet homme, je l'aime.
           DIÉGARIAS.
Vous ne répondrez pas.
           INÈS
           Dussiez-vous m'en punir,
Après l'avoir sauvé je ne puis le trahir.
           DIÉGARIAS.
Ainsi vous refusez.—C'est le sort qui prononce.—
Après tout, j'aurais dû m'attendre à la réponse.—
           INÈS.   [vous...—
Oh! ne m'accablez pas!— Vous me connaissez,
Vous savez quel effet produit votre couronne...—
Vous savez si je suis de ces filles hardies
Dont les pleurs calculés cachent les perfidies...
Vous savez, si jamais quelqu'un fut écouté,
Que c'est vous, seigneur, vous, mon père redouté...
Eh bien, quand tout à coup, bravant votre puis-
                          [sance,
Je scelle en pleurant quinze ans d'obéissance;
Quand j'ose repousser vos ordres souverains,
Pour maudire et chasser ne levez pas les mains...
Je devais faire ainsi.—Ce serait un blasphème.

Qu'une femme, seigneur, livrât l'enfant qu'elle
[aime...
Oh! ne me chargez pas de ce nouveau forfait...
J'ai bien assez déjà de tout ce que j'ai fait. —
Vous détournez les yeux? — Au moins daignez
[m'entendre. —
Vous qu'on a tant aimé, vous devez me compren-
[dre.

Au moment de la fuite, en face du danger
D'aller porter ses jours sous un ciel étranger,
Si ma mère...

DIÉGARIAS.
Tais-toi.
INÈS, continuant.
            Si Bianca, votre femme,
Avait senti mourir sa force dans son âme;
Si, n'ayant plus en soi d'amour ni de pudeur,
Elle avait bassement trahi le ravisseur...
C'eût été, n'est-ce pas, un crime irréparable;
Elle eût livré l'époux, en livrant le coupable.

DIÉGARIAS.
Tais-toi... tais-toi.
INÈS, se jetant à ses pieds.
            Seigneur, vous n'êtes point méchant...
Vous avez toujours eu pitié de votre enfant...
Au nom de ce passé qui vous aimait, mon père...
Au nom de cet amour que vous portait ma mère...
Ma mère qui, là-haut, me voit à vos genoux,
Grâce!... miséricorde!... Ayez pitié de nous!
(Diégarias est ébranlé. — Depuis un moment le geôlier
est entré.)

SCÈNE VII.

INÈS, DIÉGARIAS, LE GEÔLIER.

LE GEÔLIER.
Il est trop tard; don Juan n'a pas quitté Séville;
On vient de l'arrêter aux portes de la ville.
INÈS, avec angoisse.
Non.
LE GEÔLIER.
Écoutez.
UNE VOIX au dehors.
« Don Juan de Tello, seigneur de Ruada, connu
» de Santarbel, condamné à mort pour crime de
» haute trahison. — Priez pour lui. »
INÈS, les mains levées vers le ciel.
Pitié!... ce serait trop affreux.
LA VOIX.
Justice est faite.
INÈS, brisée. (nous deux. —
Ah!... — tout est dit. — Bientôt en prière pour
J'irai le retrouver dans la sépulture avare...
Le poison réunit quand l'échafaud sépare.
(Elle boit le poison pour être vue de Diégarias, qui
... vu comme autant. — Je suis reine.)

SCÈNE VIII.

INÈS, DIÉGARIAS. LE ROI puis L'INQUISI-
TEUR, SOLDATS, GARDES.

LE ROI, à Diégarias.
Don Juan n'existe plus.
DIÉGARIAS, relevant la tête.
            Ah! c'est vous, monseigneur.
LE ROI.
J'ai tenu ma promesse, à votre tour, monsieur.
INÈS, avec égarement. — Marchant vers lui.
Vous êtes un grand roi. — Devant votre victime
Vous avez réclamer le prix de votre crime. —
Vous l'avez sans remords... vous l'avez sans ef-
[froi...
Sire, vous le voyez, vous êtes un grand roi. —
Les voilà tous les deux... C'est infâme! —
            (Montrant le roi.)
            Cet homme
Qu'un peuple entier vénère et que chacun nom-
[me,
Qui porte avec orgueil une couronne au front,
Et se croit par son rang gardé de tout affront...
Allez, allez à lui... — Sous la pourpre royale
L'enfer n'a jamais mis une âme moins loyale...
Ne vous demandez pas s'il est ou non puissant,
Écartez le manteau, vous y verrez du sang.
LE ROI.
Songez que c'est au roi que vous parlez, madame.
INÈS.
Au lieu de menacer, roi, descends dans ton âme. —
Qu'as-tu fait de l'époux que tu m'avais donné? —
Réponds-moi... Pour de l'or, tu l'as assassiné.
LE ROI, à Diégarias.
Que veut dire ceci, monsieur?
DIÉGARIAS.
            Cela veut dire
Que toi, fils d'anciens preux, toi, le chef de l'em-
[pire,
Dont l'âme ne devrait s'ouvrir qu'aux grands
[projets,
Que tu vends pour de l'or le sang de tes sujets.
LE ROI.
Malheur!...
DIÉGARIAS.
            Dussé-je avoir, pour toutes représailles,
Les membres palpitants suspendus aux murailles,
Je te dirai: rendant le mal que tu m'as fait,
J'ai voulu te flétrir par ce dernier forfait.
LE ROI, avec force.
Gardes!
            (Les gardes paraissent.)
DIÉGARIAS.
            Résigne-toi, car ton heure est sonnée;
Le sein s'est fait géant et tient ta destinée; —
Écoute!

LE ROI.

Le tocsin?...

DIÉGARIAS.

Regarde par ici.

(Les flammes d'un incendie se reflètent dans la prison.)

JUAN, apercevant dans le fond, à part.

Que ce prison est beau?...

LE ROI, avec terreur.

Qu'est-ce que tout ceci? —

JUAN, mourant.

Je te rejoins, don Juan.

DIÉGARIAS, sans voir ce qui se passe derrière lui,
au roi, avec triomphe.

Chaque rayon de flamme
Devrait prendre une voix pour parler à ton âme...
Tu touches au moment de l'expiation...
Ce feu, c'est le signal de l'insurrection.

LE ROI.

Misérable!

DIÉGARIAS, avec joie.

Entends-tu ce bruit qui se propage,
Sombre comme la foudre en une nuit d'orage?
C'est le peuple qui vient, le peuple souverain,
Brûlant de l'enfer de ses deux bras d'airain;
Le peuple dont la main, fatale à la couronne,
Va le faire un conseil des débris de ton trône...
Écoute!... Entends-tu bien?... c'est sa puissante
(voix

Qui demande et qui veut un maître de son choix.—
Allons, résigne-toi, prince et roi de la terre...
Un juif vient de briser ton trône héréditaire.

(L'inquisiteur accourt, suivi de plusieurs seigneurs.)

L'INQUISITEUR, au roi.

Sire, aux insurgés on a livré les forts... (efforts...
Don Sanche les conduit... Tout cède à leurs
Il faut fuir. —En sortant, sire, votre personne,
Peut-être sauvera-nous l'empire et la couronne.

LE ROI, hors de lui, à Diégarias.

Dès l'instant que je perds briser ma royauté,
Tu me paieras ton crime et ton indignité.

(à l'un des seigneurs.)

Quant à vous, vous don Diègue, Alivrez de Castille,
Arrêtez sur-le-champ ce vieillard et sa fille.

DIÉGARIAS.

Ma fille?

LE ROI.

Obéissez...

DIÉGARIAS se retourne, et aperçoit sa fille descendue
sans mouvement.

Qu'ai-je vu?—

(S'élançant vers elle et lui mettant la main sur le
cœur. — Avec désespoir.)

Dieu puissant!—

(Se laissant tomber sur elle.)

J'ai voulu me venger... j'ai tué mon enfant!

FIN DE DIÉGARIAS.

Paris. — Imprimerie de Beau et Co, rue Coq-Héron, 3.